Sara Super

Blanca Imboden
Frank Baumann

# Sara Super ♡

## Schule ist doof zwei

WÖRTERSEH

Webbewerb auf Seite 294



Illustrationen: Frank Baumann, Gockhausen
Lektorat und Korrektorat: Andrea Leuthold, Zürich
Umschlaggestaltung: Thomas Jarzina, Holzkirchen
Layout, Satz und herstellerische Betreuung:
Beate Simson, Pfaffenhofen a. d. Roth
Druck und Bindung: CPI – Ebner & Spiegel, Ulm

Print ISBN 978-3-03763-073-0
E-Book ISBN 978-3-03763-619-9

www.woerterseh.ch

FSC® www.fsc.org
MIX
Papier aus verantwortungsvollen Quellen
FSC® C083411

*Für alle Saras.* Und für Luna, Stefano, Abby, Gisele, Sonja, Christian, Victoria, Guido-Maria, Dani, Roman, Frida, Izmir, Heinz, Paris, Achmed, Sophy, Cara, Heike, Gigi, Lee, Mika, Ada, Suzann, Bettina, Carlotta, Bea, Keegan, Daisey, Alfredo, Daphne, Vicky, Dante, Guy, Alicia, Ryan, Elisa, Dimitri, Dieter, Eleonor, Angel, Ragnar, Elmar, Enrique, Fabiano, Karrie, Felipe, Henrik, Flurina, Aisha, Shannon, Frederica, Pieter, Freya, Gillian, Georgina, Shane, Gianluca, Sam, Gilbert, Bubba, Tilla, Giorgio, Tiffany, Valdemar, Giulia, Rafa, Giuseppe, Heini, Gustav, Yvo, Hannes, Jérôme, Hendrick, Trevor, Henrietta, Ida, Ivana, Matthew, Jack, Jamiro, Darran, Janosch, Jeffrey, Bruce, Cosima, Jocelyn, Amir, Melody, Vince, Leandra, Bruno, Megan, Juri, Hiroshi, Cindy, Kimberly, Alaska, Lenny, Josh, Lilith, Ronia, Amy, Lois, Alf, Lucien, Thorsten, Rovena, Cheyenne, Lotta, Rory, Sergio, Ludwig, Fabrizio, Luzia, Magdalena, Justin, Marcelo, Anaïs, Röbi, Dean, Malcolm, Maike, Darina, Manfred, Coraghessan, Mareike, Dustin, Cathérine, Marlene, Bastian, Jordan, Mathilda, Ian, Boris, Mirco, Candie, Mattieu, Kerstin, Jolanda, Miguel, Charles, Michel, Esther, Monique, J. J., Hubertus, Viggo, Moe, Morena, Sean, Nanni, Pernilla, Nemo, Penelope, Olivier, Nelly, Oriana, Yotam, Pablo, Ariane, Pedro, Regina, Anuschka, Philippa, Aladin, Jean, Pierre, Finley, Priscilla, Adele, Rachel, Fabienne, Quentin, Craig, Pepe, Raphaela, Anastasia, Rico, Austin, Roberta, Zoey, Tess, Romeo, Aschi, Seven, Beni, Salome, Davis, Annemarie, Sandrine, Rosalie, Thierry, Selma, Serena, Brad, Sheila, Tyrell, Silvana, Cameron, Jason, Sinja, Russel, Taylor, Ted, Soraya, Robin, Timon, Filippo, Valeria, Dale, Violetta, Laetitia, Mary, Wendy, Yara, Spencer, Zora, Amalia, Elsa, Benedikta, Ava, Carrie, Sherlock, Aurelio, Stacy, Bligg, Angelina, Arthur, Bryce, Agnes, Bob, Bernd *und alle anderen Schüler dieser Welt.*

**WARNUNG:**
In diesem Buch kommt das Wort **SUPER** gefühlte 167 325,5 Mal vor.

Dies könnte (vor allem bei Erwachsenen, insbesondere bei Lehrern, Eltern, Gross- und Urgrosseltern) zu bleibenden Schäden in den Sprachzentren des Gehirns führen, zum Beispiel im Broca-Areal oder im Wernicke-Zentrum.

Achtung: Wenn du super nicht super findest, raten wir dringend von der Lektüre dieses supermässigen Buches ab; es besteht die akute Gefahr einer **Superisierung.**

*Die Autoren lehnen jede Verantwortung ab.*

Wenn du zusammengezählt hast, wie oft das S-Wort (inklusive Kombinationen) in diesem Buch wirklich vorkommt, dann sause subito auf www.schuleistdoof.ch. Es könnte sich lohnen!

# 1

Wenn ich gewusst hätte, dass alles dermassen aus dem Ruder laufen und ich auf eine so gefährliche Berg-und-Tal-Fahrt geraten würde, wäre ich wohl abgehauen. Ich hätte meine Céline-Tasche gepackt, wäre geflüchtet und hätte mich am Ende der Welt versteckt wie ein australisches Wildkaninchen in seinem Bau. Drei Meter tief unter der Erde. Aber das wäre auch superschade gewesen, denn dann hätte ich einiges verpasst. Ja, nachher ist man immer schlauer, schon klar. Nachher.

Meine Schulkameraden nennen mich Sara Super.
Ich weiss es.
Das ist kein Geheimnis.
Zugegeben, es gibt schlimmere Spitznamen. Man könnte mich ja auch Schickimicki-Sara oder Spassbremse nennen, Streberin oder Möchtegern-Model. Gewisse Nicknames sind voll gemein, ein vorauseilender Rufmord könnte man sagen – und man kann rein gar nichts dagegen tun. Da darf ich mich schon glücklich schätzen, dass man mich Sara Super nennt.
Super ist doch super.

Allerdings nennen sie mich nicht Sara Super, weil ich so super aussehe. Dabei wäre das durchaus eine Möglichkeit. Ich sehe nämlich – und das muss ich jetzt bei aller Bescheidenheit einmal sagen –, ich sehe ziemlich super aus, ich bin sozusagen schön. Ich weiss das, weil ich einen Grossteil meines Lebens vor dem Spiegel verbringe. Das behaupten zumindest meine Eltern. Das stimmt natürlich so nicht. Aber ich mag halt meine schönen rotblonden Haare. Die finde ich super. Die türkisen Augen sind auch sehr cool, weil sie manchmal so leuchten und ich oft beobachte, wie sie die Blicke anderer anziehen. Das ist ein super Gefühl. Ausserdem habe ich lange Beine, dazu eine supergesunde Haut, ohne Pickel und ohne Unreinheiten. Ich bin superschlank. Und ich habe viel mehr Kurven als andere Mädchen in meinem Alter. Ich sehe schon fast aus wie eine Frau. Und ich ziehe mich auch supergut an. Kleider bedeuten mir etwas.

Kleider sind meine Visitenkarte. Deine übrigens auch, ob du willst oder nicht! Oder denkst du etwa, es spiele keine Rolle, ob du alte Schlabber-T-Shirts trägst oder ein Designer-Top? Ich sag nur: Du kriegst nie eine zweite Chance, um einen ersten Eindruck zu hinterlassen! Ich habe in einer Zeitschrift gelesen, dass das Gehirn nur eine Zehntelsekunde brauche, um ein Urteil über

einen Unbekannten zu fällen. Eine Zehntelsekunde für den ersten Eindruck! Und dieser erste Eindruck bleibe dann meist sehr lange, wenn nicht sogar für immer, bestehen. Denkst du also wirklich, in dieser kurzen Zeitspanne erfasse dieses kleine Gehirn deine inneren Werte? Dein wunderbares Wesen? Dein reines Herz? Deine Begabung in Mathematik? Deine Kenntnisse in Fremdsprachen?
Vergiss es!
Im ersten Moment zählt nur das Äussere. Nur! Ausschliesslich! Also darf man ruhig ein wenig mehr darauf achten, finde ich, ohne gleich eine supereitle Gans zu sein oder in die Tussi-Schublade gemobbt zu werden.

Vielleicht denkst du da ja anders drüber. Selber schuld. Glaubs mir: So oder so kommt es nicht nur auf den Style, sondern eben auch auf den Stil an. Mein Vater sagt immer, der »Manhattan« sei das Geheimnis. Und er meint damit Bliggs gleichnamigen Hit. Du kennst den Text auswendig, oder?

MACHS MIT STIL, STIL,
ODER LASS ES SI,
STIL BRINGT DICH AS ZIEL,
EGAL WOHER, EGAL WOHI, JA, STIL MUSS SI.

Und dann eben der super Refrain:

ENTWEDER MANHATTAN ODER NÖD,
MÄN HÄT ÄN ODER NÖD,
S GAHT BESTIMMT AU OHNI,
DOCH MIT IHM ISCH S LÄBE SCHÖN.

Ja, sorry, jetzt bin ich ein bisschen abgeschweift, wo war ich stehen geblieben? Ach ja, bei mir (hihi). Wie bereits erwähnt – mit meinem Aussehen hat mein Spitzname nichts zu tun. Leider.

Unsere Deutschlehrerin, Frau Fischer, hat ihn quasi erfunden. Sie hackte in einer Stunde dauernd auf mir herum, weil ich in einem Aufsatz zu oft das Wort »super« verwendet hatte. Und am Ende nannte sie mich dann Sara Super statt Sara Suter, wie ich tatsächlich heisse. Aber gell, mit Absicht hat sie das kaum gemacht, denn das wäre ja schon fast witzig und würde eine gewisse Art von Humor voraussetzen, und den hat die Fischer garantiert nicht, ich schwörs. Frau Fischer ist weder lustig noch nett, und wir sind keineswegs auch nur annähernd befreundet. Im Gegenteil: Seit der ersten Schulstunde hasst sie mich. Und ich weiss auch, warum: Frau Fischer ist eine absolut mittelmässig aussehende Frau mittleren Alters. Es gibt bestimmt irgendein Adjektiv für

sie. Aber »super« passt jetzt also ganz sicher nicht. Am ehesten noch so etwas wie grauschimmlig, oder noch besser: graumäusig.

Genau. Sie hat so etwas Graumäusiges in ihrem Aussehen und vor allem in ihrem Wesen, ihrer Art, ihrem Benehmen.

Graumäusig.

Das Wort gibt es nicht?

Ja, aber hallo, gibt es denn irgendwo ein Gesetz, das besagt, dass man keine neuen Wörter erfinden darf?

Ich glaube, Frau Fischer bemängelt aus Prinzip meinen aus ihrer Sicht »mangelnden Wortschatz«, und das seit dem ersten Tag. Drum habe ich jetzt ab sofort einen neuen Ausdruck in meinem virtuellen Wörterbuch: graumäusig. Super. Und steigern könnte man das so: graumäusig, graumäusiger, graumausetot.

Ich glaube, es gibt nur einen Grund, warum die GM (graue Maus) mich nicht mag: Neid. Purer Neid! Neid auf alles, was jung und bunt und pfiffig ist statt graumäusig und brüllgähnend. Aber sie tut absolut gar nichts dagegen. Sie trägt beispielsweise nie etwas Farbiges. Schon ein zartes Rosa oder ein Blausa wäre für sie viel zu gewagt. Da käme sie sich wohl schon total aufgedonnert vor. Ja, ja, Blausa gibt es offiziell auch nicht, aber das ist mir egal, ich befinde mich grad im Wortschöpfungsmodus.

Graumäusiges Blausa.

Dünnsuppiges Graugelb.

Lilöliges Vollnichts.

Putzfädiges Fadmelange.

Popliges Pupswääk.

Graumaus eben.

Das Bunteste, was ich je an ihr gesehen habe, war etwas Spinat, das nach einem Mittagessen in ihren Zähnen hing. Manchmal, wenn sie so vor der Klasse steht, sieht sie aus, als hätte man bei ihr mit einem Bildbearbeitungsprogramm alle Farben entfernt. Nur bei ihr. Der Rest des Zimmers ist vierfarbig.

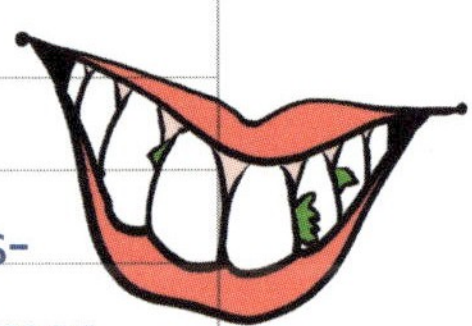

Sie ist wie ein Fehler im Computer, wie eine Bildschirmstörung, ein Farbloch. Ein geschmacksbefreiter Gedankenstrich. – Guido Maria Kretschmer, der Modedesigner aus der Doku-Soap »Shopping Queen«, würde ins Stromkabel seiner klapprigen Nähmaschine beissen, wenn er die unsägliche Graumaus zu Gesicht bekäme. Der würde sofort ein Styling-Careteam für sie zusammenstellen. Der Vorher-nachher-Effekt wäre garantiert superumwerfend.

Am Anfang dachte ich noch, ich würde mit Frau Fischer irgendwie klarkommen, dachte, es wäre voll easy, solange ich nett und freundlich sei (was ich zu Lehrern ja grundsätzlich immer bin). Das war aber ein Irrtum, ein richtig grosser. Fast müsste man darüber lachen – aber ich kann es nicht: Als ich meinen ersten Aufsatz zurückbekam, stand da immer wieder am Rand und in Rot: »Wortschatz!« Oder: »Wortwahl!« Zuerst dachte ich, die Deutsch-Tussi mache mir Komplimente, und ich hielt mich schon für die neue Joanne K. Rowling.

Ich stellte mir vor, wie die Leute über Nacht vor den Buchhandlungen Schlange stehen oder campieren würden, weil um sieben Uhr morgens mein Erstlingswerk in die Läden käme und alle so sehnsüchtig darauf warteten. Ein schöner Gedanke, ein legendär angenehmer Traum, aber eben nur so eine Art Seifenblase, die sofort zerplatzte, als ich am Ende meines Textes die miese Note sah. Da wurde mir klar, dass die GM meine Wortwahl und meinen Wortschatz nicht lobte, sondern kritisierte.
Immer wenn ich super verwende, macht sie mich fertig, und sobald ich fantasievoll neue Worte kreiere, ist es auch nicht recht. Ich meine, das ist nun echt zum Schreien.
Da gibst du dir Mühe, und sie schraubt dir ein »Ungenügend« rein.

Super!
In der Primarschule hatte sich keiner an meinen Wortschöpfungen gestört. Erst jetzt, im ersten Gymnasium, werde ich deswegen genervt.
Super.
Das kann also noch locker drei Jahre lang so weitergehen. Aber die GM, das verspreche ich hier und heute, die GM wird mich nicht verändern. Mich nicht! Ich werde mein Maturazeugnis entgegennehmen und immer noch bunt und schön sein. Die Fischer wird ganz be-

stimmt nicht auf mich abfärben oder mich mit ihrer Graumäusigkeit anstecken. Ich werde auch nicht farbloser werden, um bessere Noten zu bekommen.
Niemals.
Diesen Kampf nehme ich auf.
Möge die Stärkere gewinnen, Graumausi!

# 2

In der Kantonsschule Kollegium Schwyz, man nennt sie hier »das Kollegi«, bin ich bekannt wie ein bunter Hund, oder vielmehr wie eine bunte Hündin. Das ist allerdings nicht so wahnsinnig schwierig. Schwyz ist ein Kuhdorf, was heisst, dass es hier fast so viele Kühe wie Einwohner gibt. Gut, das ist vielleicht übertrieben. Aber wenn man noch Hühner und Hasen, Pferde, Schweine und Schafe dazuzählt, kommt es bestimmt irgendwie hin. Zumindest fühlt es sich so an. Und die Zahlen sprechen ja eigentlich für sich: Die ganze Gemeinde Schwyz hat gerade mal 15 000 Einwohner und die Stadt Zürich allein schon fast 414 000. Rechnet man die Agglomeration hinzu, kommt man im Grossraum Zürich auf eine Million Menschen.

Warum ich Schwyz mit Zürich vergleiche? Weil ich von da komme! Selbstverständlich ist es nicht automatisch so, dass es umso besser ist, je mehr Leute irgendwo leben, das weiss ich auch. Aber die Chance, Gleichgesinnte zu finden, ist logischerweise grösser, wo mehr Menschen aufeinandertreffen. Und hier in Schwyz ist

die Chance doch wesentlich grösser, in einen Kuhfladen zu treten, als einer Seelenverwandten zu begegnen. Im Zahlenspiegel des Kantons Schwyz habe ich gesehen, dass ungefähr jeder dritte Einwohner eine Kuh hat. Und jeder – jeder! – ein Huhn. So sieht es aus. Ja, klar, nein, nicht wirklich, aber im Durchschnitt, statistisch gesehen halt schon.

Manche haben aber auch bloss einen Vogel ;-))
Und rundherum Berge! Nix als Berge. Darum heisst es ja Schwyzer Talkessel. Wir sind hier eingekesselt, umzingelt, eingesperrt!

Die meisten Menschen hier können nicht weiter sehen – und erst recht nicht weiter denken – als bis zum nächsten Hügel, bis zur nächsten Felswand. Das hat jedenfalls meine Mutter neulich gesagt. Gut, sie hatte mal wieder Kopfschmerzen, und dann ist sie unausstehlich und findet alles superpainful. Sie verträgt nämlich den Föhn nicht, den gemeinen Südwind, der hier von den Bergen herab wie ein riesiger Mürbteig in den Talkessel fällt und sogar den Eingeborenen den sturen Grind zunderobsi bringt. Der Föhn sei ein Sauhund, meinte Mum neulich wörtlich. Aber ich weiss, meine Mutter würde auch ohne Schädelbrummen lieber heute als morgen von hier abhauen. Egal wohin, nur auf und

KAUF
RAUSCH

davon. Am liebsten, das ist klar, nach New York, London oder Paris, nach Mailand, Hamburg oder – zumindest zurück nach Zürich. Sie singt es sogar manchmal lautstark durchs Haus, gemeinsam mit Adrian Stern:

CHUM, MIR HAUED AB ...
CHUM, MIR STIGED IN ÄS FLUGZÜÜG UND
VERSCHWINDET UF AMERIKA ...

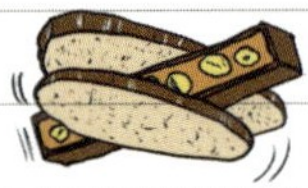

Schwyz ist in jeder Hinsicht dermassen Off-Broadway, dass man es kaum fassen kann. Aber auch ich bin ja nicht freiwillig hier. Meine Eltern haben mich, mitten im sechsten Schuljahr, aus meiner Klasse gerissen und skrupellos hierher mitgeschleift. Ans Ende der Welt. Ich bin praktisch ein Entführungsopfer (wie seinerzeit Johnny Depps Mutter, die Volksmusiksängerin Jasmin Janser, du erinnerst dich).
Aber es war halt so, dass mein Vater die einmalige Chance bekam, hier eine gut gehende Praxis zu übernehmen. Und weil Zahnarztsein auch nicht mehr das ist, was es früher einmal war, weil die Billigkonkurrenz aus dem Ausland den Markt überschwemmt, musste Paps nach dem entfernten Rettungsring greifen und sich daran festklammern wie der einzige Überlebende einer grossen Schiffskatastrophe im Panamakanal am Rettungsring eines japanischen Containerschiffs mit

Heimathafen Kuba. So ähnlich hat er es jedenfalls erklärt. Was mein Vater mit dem Überlebenden einer Schiffskatastrophe gemein haben soll, habe ich nicht wirklich verstanden. Aber meine Mutter hat sich nicht gegen den Umzug gewehrt. Jedenfalls nicht erwähnenswert gewehrt.

Anfangs dachte ich, ich müsste hier untergehen wie eine entwurzelte und in völlig falscher Erde wieder eingetopfte Primel im sintflutartigen Sommerregen. Aber ich bin zäh wie ghanaisches Gecko-Gulasch.
Irgendwie halte ich mich über Wasser.
Frag mich nicht wie, denn alles ist daneben.
Aber ich überlebe.
Irgendwie.

Ich ignoriere den ländlichen Wahnsinn.
Leichter gesagt als getan.
Doch ich passe mich an.
Noch leichter gesagt als getan.
Manchmal könnte ich fluchen.
Nach einem Grund muss ich nicht lange suchen.
Hey, das klingt ja cool, fast schon ein Rap!
Aber von wegen fluchen: Meine Mum sagt immer, eine Dame schimpft und flucht nicht, eine Dame bewahrt stets die Contenance – vornehme Zurückhaltung.

Con-te-nance, dieses Wort schon. Jetzt mal ehrlich: Scheiss drauf!
Ich will mich gar nicht anpassen.
Im Gegenteil.
Ich bleibe, wie ich bin.
Ich. Bleibe. Ich.

Und das scheint irgendwie zu funktionieren. Mehr noch, ich gehöre dazu, werde akzeptiert, manchmal sogar bewundert. Ich glaube, ich bin schon fast *das* Schwyzer It-Girl. Tim Tabak meinte neulich sogar, ich sei die Schwyzer Antwort auf Paris Hilton. Die wohnte ja auch kurze Zeit im Kanton Schwyz. Aber nach einem Jahr war die Liebe zu ihrem Grossunternehmer nicht mehr so gross, und sie zog aus. Aus die Maus. Klar, eine Weile war es wohl cool, Selfies mit Kühen zu twittern. Aber auf Dauer hielt sie es dann doch nicht aus in der Postkartenschweiz. Wahrscheinlich zerbrach die Liebe an einer Überdosis Kuhfladen.

Who cares. Ich selber würde mich sowieso lieber mit Cara Delevingne vergleichen. Bereits 2012 wurde sie von Chanel zum Gesicht des Jahres gekürt. Ihre Grossmutter war übrigens die Kammerzofe der britischen Prinzessin Margaret. Aber hier kennt die ja keiner. Nein, die sowieso nicht. Ich meinte nicht die Grossmutter und auch nicht die Prinzessin (die ja selber bereits eine Oma wäre, aber sie lebt gar nicht mehr) – also nein, ich meinte die Cara Delevingne. Kapiert? Eben.
Hier wissen die Leute im besten Fall, wie die Siegerkuh der letzten Viehausstellung geheissen hat. Ja, hier in Schwyz werden Missen nur bei Kühen gewählt. Echt! »Unfuckingfassbar«, würde Rea Garvey von »The Voice of Germany« sagen. Oder »funfuckingtastisch«. Aber das ist ja auch schon eine Weile her. Und beide Ausdrücke sind bestimmt nichts für die GM Fischer. Die Miss Schwyz von 2016 ist übrigens eine Braunviehkuh aus Steinen und heisst Glenn Glena. Nicht einmal Hörner hat sie, und trotzdem konnte sie Miss werden.
Und nur der Vollständigkeit halber: Es gibt auch eine Miss Ziege. Dieses Jahr heisst sie Sischa und kommt aus Willerzell.

Die zeichnen hier wahrscheinlich auch noch das schönste Huhn aus, aber eine richtige Miss Schwyz auf zwei Beinen, die gibt es nicht. Noch nicht.

Aber zurück zu den echten Stars: Die 24-jährige Cara Delevingne hat – Achtung, jetzt pass auf! – 35,2 Millionen Follower auf Instagram und gehörte bereits zu den bestverdienenden Models überhaupt. Also für mich war sie schon fast eine Art Idol. Aber das sage ich jetzt nur so unter uns. War? Ja, *war*, denn leider hat sie inzwischen bekannt gegeben, nicht mehr als Model posieren zu wollen. Der Beruf habe sie krank gemacht. Mal sehen, ob sie auf die Länge wirklich aufhört.
Also jetzt mal unter uns; so ein kleines Krankheitsrisiko würde ich jetzt locker auf mich nehmen, böte man mir die Gelegenheit, eine solche Karriere auf den Laufsteg zu legen. Aber ich stecke ja hier in diesem Kaff fest; kein Wunder, konnte ich nicht ihre Nachfolgerin bei der Topshop-Kette werden (urgh!). Das ist jetzt ja Gigi Hadid. Dabei wurde die doch noch bis vor kurzem von vielen grosse Agenturen abgelehnt, weil sie für ein Model zu dick (!) sei. Also das würde mir nie passieren, wenn man mich nur endlich entdecken würde. Hihi.

Jetzt habe ich grad einen Moment lang ziemlich wichtiggetan, ich weiss, aber wenn ich ganz ehrlich bin, muss ich zugeben, dass ich schon so meine Zweifel habe, ob ich das Zeug zum Model mitbringe. In Zürich bin ich ja zum Beispiel überhaupt nicht aufgefallen. Höchstens durch meine superschönen rotblonden Haare. Aber ansonsten war ich nichts Besonderes. In Zürich gibt es zu viele attraktive Menschen. So gesehen, könnte man also sagen, dass Schwyz genau das Richtige für mich ist.

Nur fühle ich mich manchmal ziemlich einsam hier, richtig allein, weil sich niemand für die Themen interessiert, die ich mit meinen Freundinnen in Zürich besprechen konnte: Mode, Models, Styling, Shopping, Make-up. Klar, redet man auch hier über Haare und Kleider, aber auf einem ziemlich anderen Level. Irgendwie voll ahnungsbefreit. Ich fühle mich oft völlig deplatziert, als hätte man mich auf einem fremden Planeten ausgesetzt. Darum tue ich meist so, als wäre ich gern allein, als würde ich niemanden brauchen. Und das spiele ich inzwischen so gut, dass ich es manchmal selber glaube. Es verleiht mir eine Aura, die alle möglichen Leute anzieht.
Schon eigenartig: Weil ich so tue, als brauchte ich keinen, kommen sie alle und suchen meine Nähe. Aber ich bin froh: Immerhin habe ich Kollegen, Kameraden, Leidensgenossen.

# 3

*»Ein Vater ist doppelt so alt wie sein Sohn. Vor zehn Jahren war er dreimal so alt wie dieser. Wie alt sind die beiden heute?«*

Ich sollte mich wohl endlich konzentrieren. Schliesslich sitze ich über einer Matheprüfung. Lineare Gleichungen. Ich kann das. Meistens jedenfalls. Zumindest wenn es mir gelingt, mich mal eine Weile lang richtig zusammenzureissen.
Also.
Ja, aber hallo, was ist denn das?
*... jetzt doppelt so alt – früher dreimal so alt ...*
Krass.
Zeitebenen – Zeitpunkte ...
Super.
Ich vermute mal, dass der Sohn zwischen fünfzehn und zwanzig sein müsste.
Und der Vater um die vierzig. Aber lass es uns schnell durchrechnen.
»Schnell«, das war natürlich ein Witzli. Vor allem, weil der Jakob »Dschei-Dschei« Janser (J. J.), unser Mathe-

lehrer, ja immer den ganzen Lösungsweg sehen will, der Erbsenzähler.

Ich jongliere mit x (Sohn) und y (Vater) ... Tabellenmässig sähe das irgendwie so aus:

| | heute | vor 10 Jahren |
|---|---|---|
| Sohn | $x$ | $x - 10$ |
| Vater | $2x$ | $2x - 10$ |
| | | |

Kannst du überblättern, wenn dich Mathe nicht interessiert.

Das würde bedeuten ...

$$2x - 10 = 3(x - 10)$$

Das x auf die linke Seite, also:

$$2x - 10 = 3x - 30 / -3x$$

Dschei-Dschei tigert penetrant zwischen den Tischen herum. Es ist, als hätte er tausend Augen. Verflixt! Sonst könnte ich mal kurz einen Blick auf das Blatt von Johnny Depp werfen, der solche Rechnungen aus dem Ärmel schüttelt. Keine Chance. Dschei-Dschei ist ein Seher. Ich muss da selber ran.

Zwei Gleichungen mit zwei Variablen. Also:

$$-x - 10 = -30 / +10$$

$$-x - 20 / * (-1)$$

20

Sara Suter

Ja, eben, gibt 20.
Der Sohn ist zwanzig.
Und der Vater vierzig.
Dann wäre er also mit zwanzig schon Vater gewesen; das wäre jung, aber möglich.
Hoffentlich war die Mutter nicht sechzehn!
Krass!
Das wäre ja superjung.
Das könnte ich mir jetzt gar nicht vorstellen: mit sechzehn ein Kind zu kriegen.
Da wäre ja die ganze Model-Karriere im Eimer.

Der Sohn ist jetzt 20 Jahre,
der Vater 40 Jahre alt.

Uff! Gerade noch rechtzeitig geschafft.
Ich schreibe meinen Namen ordentlich oben rechts aufs Papier, und schon steht der alte Janser vor mir und streckt mir die Aufgabenblättereinsammelhand (ABEHA) hin. Da, voilà.

Auf dem Pausenplatz fragt Tim Tabak: »Was war denn nun die Lösung der Aufgabe? Hat einer eine Ahnung, wie alt der Vater ist?«
Er nagt mit seinen vom Rauchen bereits leicht verfärbten Schaufeln nervös an den Fingernägeln rum wie ein

Biber, der eine Babylonische Trauerweide fällen will. Er sollte unbedingt mal zur Dentalhygienikerin gehen und seine Beisserchen polieren lassen.
»Fünfzig«, antwortet Johnny Depp und zwinkert mir verschmitzt zu.
»Fünfundfünfzig«, behaupte ich also cool.
Und Georg Gepard gibt mit bierernstem Gesichtsausdruck noch einen obendrauf: »Fünfundvierzig und drei Monate!«
Tim wird blass wie eine Landratte bei hohem Seegang. Er braucht doch so dringend gute Resultate, sonst wird es langsam eng für ihn. Sein Notendurchschnitt sei unterirdisch, meinte Dschei-Dschei neulich und fügte kopfschüttelnd an: »Unser Rockmusiker müsste dringend mal die Tonart wechseln – nach den vielen Moll-Werken wäre jetzt dringend ein Hit in Dur angesagt! Als Musiker müsste er ja eigentlich ›Noten‹ lesen können.«

Wir erlösen Tim lachend von seinem Albtraum. Aber leider beruhigt es ihn überhaupt nicht, als wir ihm sagen, dass wir alle auf vierzig gekommen sind. Ganz im Gegenteil.
»Scheisse, voll falsch! Ich kam auf dreiunddreissig. Das gibt Ärger!«, jammert er und wuschelt sich verzweifelt seine Mähne durcheinander. »Ich hasse Textaufgaben. Die verwirren mich. Übelst! Es ist, als würde sich die Mathematik hinter dem Text verstecken.«

Fender

Ich glaube, ich weiss, was er meint. Aber jetzt stelle man sich mal vor, was solche Aufgaben für Izmir Süleymanoğlu bedeuten, der letztes Jahr mit seinen Eltern in die Schweiz geflüchtet ist und wirklich noch gar nicht gut Deutsch spricht. Wie der das macht, wie der den Schulstoff lernen kann, ist mir ein Rätsel. Izmir muss wahnsinnig fleissig sein. Respekt!

Ich frage mich, wie lange sich Tim Tabak noch im Gymnasium halten können wird. Und ich frage mich eigentlich auch, warum er überhaupt hier ist, warum er sich das antut. Was will er denn mit einer Matura anstellen? Will er später ein eigenes Tabakimperium aufbauen? Oder als Staranwalt für die Freigabe von Gras kämpfen? Will er einer der wenigen Hardrocker mit Matura werden? Tim ist mir ein Rätsel. Aber ich mag ihn. Vielleicht weil er genauso unangepasst ist wie ich. Er zieht sein Ding voll durch. Das finde ich super. Dafür bin ich auch bereit, darüber hinwegzusehen, dass er ständig stinkt wie ein randvoller Aschenbecher im Fumoir des »Frohsinns« in Küssnacht am Rigi – ob er nun gerade raucht oder nicht. Darüber »hinwegzuriechen«, müsste ich wohl besser schreiben, aber das ist sicher auch ein unerlaubtes, nicht genehmigtes Wort. Ausserdem hat es Tim geschafft, sich so eine Art Rockmusiker-Image aufzubauen, obwohl er ja nun nicht

AC/DC

gerade ein Gitarrengott ist. Das höre sogar ich. Trotzdem ist er supercool. Wie er mit Johnny Depp am Jugendmusikwettbewerb abgerockt hat, das war grosses Kino.
Aber gell, Johnny, der so gar nichts von einem Rockstar hat, ist ja der eigentliche Musiker. Supertalentiert! Ein kluger Kopf. Obwohl ihm ein Ohr in einem 63-Grad-Winkel absteht, als ob es flüchten wollte. Ob es wirklich 63 Grad sind, weiss ich nicht; aber er behauptet es. Egal. Er ist trotz seinem krassen Ohr ein Schnügel, aber irgendwie halt schon noch jung. Obwohl – viele Mädchen in unserer Klasse stehen voll auf ihn. Nicht alle – aber viele. Hihi.

Auch Georg Gepard mag ich, weil er für etwas brennt: für seinen Sport. Er geht (beziehungsweise rennt) konsequent seinen Weg. Egal, wie steil der ist. Er ist supersportlich und tut alles für sein Hobby. Er ist nicht zu stoppen. Nicht einmal, wenn es aufs Matterhorn geht. Dort überoben war er im Fall schon mal – als einer der Jüngsten überhaupt!
»Überoben« hört man in der Innerschweiz by the way oft. Neulich hörte ich sogar das Wort »überunten«, was für mich sehr seltsam klang, denn wie kann etwas »über« und gleichzeitig »unten« sein? Ich glaube, ich muss das mal mit der GM Fischer besprechen. Nein, nein, gehts noch, das war nur Spass! Die Idee

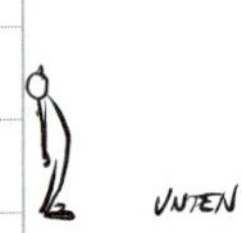

Trübâli
Trübâli
Trübâli

wäre etwa so gut wie »in Sandalen eine giftige Schlange quälen«, »im Handy als Sprache Griechisch wählen«, oder »Bungee-Jumping mit einem zu langen Seil«, um es mal mit Heinz de Specht zu sagen. Ich war schon an zwei Konzerten des Trios. Geil (um nicht zu sagen: super)! Mein Vater schleppte uns mit, weil einer der Musiker sein Patient ist. Meine Mutter und ich waren begeistert. Sie vor allem, weil ihr der eine, der mit ohne Haare super gefällt. Ich, weil ich die witzigen, schlau-frechen Songs cool finde (und den mit dem Ohrring auch, hihi).

Wenn ich mir so überlege, was meine Klassenkameraden so draufhaben, dann muss ich sagen, gegen die Verwegenheit und die Talente von Tim, Georg, Johnny oder Paul Punker bin ich ein Schluck Wasser, denn eigentlich bin ich ja »nur schön«. Also, was soll ich denn anderes tun, als mein Aussehen zu pflegen, an meinem Erscheinungsbild zu arbeiten und mein Styling ernst zu nehmen? Ich muss mit diesen Werten punkten. Aufs Matterhorn will ich nicht, klavimsen kann ich nicht, und kiffen finde ich unsexy, weil man danach so mieft. So tut halt jeder, was er kann oder was er tun muss.

Heute trage ich ein schwarzes Kleid, das leicht glockig fällt, blickdichte schwarze Strümpfe, dazu rote »Künzli«-

Sneakers und eine kurze rote Lederjacke. Sneakers zum Kleid? Klar, so was geht heute, das tragen in Mailand, Paris oder Manhattan alle. Brüche sind angesagt, das weiss jetzt jeder, der Mode-E-Zines liest oder Modeblogs im Internet verfolgt. Was früher verpönt war, wird heute zum Superhype: »Ein Look muss nicht mehr von Kopf bis Fuss stimmig sein.«
Brüche sind total it.
Brüche wie neue blütenweisse Sneakers und Kuhfladen.
Brüche wie Misswahlen ohne Missen.
Brüche wie mein Umzug nach Schwyz.
Super.

Schade, dass es jetzt immer kälter wird. Ich hatte tausend Kämpfe mit meinen Eltern ausgefochten und durfte mir schliesslich ein Bauchnabel-Piercing stechen lassen. Ich konnte damals mit dem schlechten Gewissen meiner Erzeuger spielen und mit dem Argument, dass ein Piercing jederzeit wieder rausgenommen werden kann. Im Gegensatz zu einer Tätowierung. Im Gegensatz zum Arschgeweih meiner Mutter, einer Jugendsünde, die sie noch heute bereut. Ihr plastischer Chirurg meinte, dass man eine so grossflächige Stichelei kaum ohne Narbenbildung oder Pigmentstörungen entfernen könne, dass es superschmerzhaft wäre und schnell einmal das Zwanzigfache des Tattoos kosten könnte.

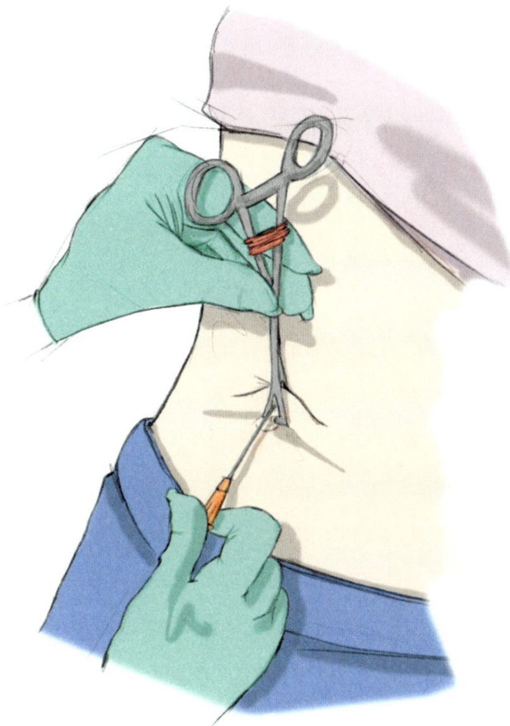

Da ist ein Piercing natürlich Pipifax. Dass ich mir das Ringli schliesslich einsetzen lassen durfte, hat aber wohl schon vor allem mit dem schlechten Gewissen meiner Eltern zu tun, das sie hatten, weil sie mich aus der Grossstadt »entführten«. Sie wussten ja, wie schwer mir der Umzug nach Schwyz gefallen war. Sehr schwer. Ich nutzte also die Gunst der Stunde, zog alle Register, jammerte und bettelte in den höchsten Tonlagen, und – pieks – jetzt funkelt ein bunter Stein in meinem Bauchnabel. Echt super!

Im Moment sieht man meinen Schmuck leider nicht mehr. Für bauchfreie Teile ist es zurzeit viel zu kalt. Gerade wenn man so schlank ist wie ich, dann friert man schneller als andere. So kommt es mir jedenfalls vor. Ich mag den Winter nicht. Und bald wird es schneien, und dann kann man nicht einmal mehr High Heels tragen, ohne dass man dauernd ausrutscht und auf die Nase fällt. Dann brauchst du Profilsohlen. Oder Specksohlen. Und ich hasse speckige Specksohlen, die den coolsten Schuh verunstalten. Hand aufs Herz, hast du schon mal Pumps mit Specksohlen gesehen? Eben, sag ich doch. Aber hier in der Pampa draussen komme ich wohl kaum mit schönen

Schuhen durch den Winter. In der Stadt war es möglich, fast das ganze Jahr über auf hohen Absätzen elegant an den Schaufenstern der Flagship-Stores »vorbeizulouboutingeln«. Vorbeizu… was? Louboutingeln! Hast du noch nie gehört? Kein Wunder, ist ja auch meine Erfindung. Hihi. Aber eigentlich ganz logisch: Wenn ich mit meinen Louboutins »umenandschtögäle«, dann nenne ich das eben louboutingeln.
Und für die, die es nicht wissen: Christian Louboutin ist einer der berühmtesten Schuhmacher überhaupt. Ein Pariser Modedesigner für Damenschuhe, der bei Charles Jourdan, Chanel und Yves Saint Laurent in die Lehre ging, bevor er seinen ersten eigenen Laden in der Nähe der Place des Victoires eröffnete. Weil schon bald viele Berühmtheiten die Schuhe mit den roten Sohlen trugen, wurden die exklusiven »Loubies« mit ihren hohen Absätzen im Nu bekannt – und ein Muss für jede Frau von Welt. »Meine« gehören übrigens meiner Mutter (aber das muss unter uns bleiben). Ich leihe mir ihre High Heels ab und zu aus und muss dabei immer super aufpassen, dass sie es nicht merkt. Ja, und Schneematsch und Salz sind für die filigranen Lederkunstwerke natürlich Gift. Drum stapfe auch ich hier, am Ende der Welt monatelang in wetterfester Expeditionsausrüstung durch die Gegend und sehe dabei aus wie die Extremsportlerin Evelyne Binsack auf dem Weg

zum Nordpol. Superunsexy. Voll der Abturner. Nein, nicht Turner, du Opfer. Törner! Englisch: »›to turn off‹«! Klar? ;-)

Anyway, ich hab die hübsche Bergsteigerin, die ja als erste Schweizerin auf dem Mount Everest war, schon ein paarmal in einer Illustrierten im Abendkleid gesehen; ja, aber hallo, Herr Everest! Also aus Schwyz kommt die nicht! Bestimmt nicht. Hilfe, ich will auch weg von hier!

# 43

»Wie ist die Matheprüfung gelaufen?«, will meine Mutter beim Mittagessen wissen und schaufelt mir eine Tonne Teigwaren auf den Teller.

»Nicht so viel!«, protestiere ich. »Ich will doch nicht fett werden.«

Manchmal kommt es mir vor, als wolle mich meine Mutter mästen. Jetzt verdreht sie die Augen und schaut hilfesuchend zu meinem Vater, der nur mit den Achseln zuckt und weiterfoodet.

»Gut«, mampfe ich, und meine Eltern sind zufrieden. Sie glauben, ich würde einmal Zahnärztin werden und die Praxis meines Vaters übernehmen.

Die Hoffnungen liegen auf mir, seit sich meine ältere Schwester Sonja selber aus dem Rennen genommen hat. Ihr Notendurchschnitt war nicht mehr zu retten, er sah aus wie ein Gebiss mit schwerer »Caries profunda«, wie mein Vater traurig feststellte. Der redet oft so, findet das wohl witzig. Jedenfalls: »Tiefe Zahnkaries« meint der Fachausdruck auf Deutsch, und bezogen auf meine Schwester: Da gab es einfach in viel zu vielen Fächern viel zu viele Probleme. Und viel zu viel ist ein-

fach viel zu viel »viel zu viel«! Hinzu kamen plötzlich sehr viele Schulstunden, die ohne Sonja stattfanden, weil sie diese schwänzte. Und wenn du fast nie da bist, fällt es umso mehr auf, wenn du dich auch noch schlecht benimmst, wenn du dann mal da bist. Anfängerfehler.

Jedenfalls sagte Sonja ihrem Geografielehrer einmal ins Gesicht: »Ich mag ja eine schlechte Schülerin sein, aber das kann ich noch ändern, wenn ich mir Mühe gebe. Sie hingegen werden immer ein schlechter Lehrer bleiben, selbst wenn Sie sich Mühe geben – also geben Sie sich besser gar nicht erst Mühe!«

Superschlaue Bemerkung.

An ein mögliches Studium glaubten danach nicht einmal mehr meine Eltern, und bei uns zu Hause spielten sich übelste Dramen ab. Mein Vater tickte völlig aus und haute dermassen auf den Tisch, dass nicht nur ein Teller und zwei Gläser dran glauben mussten, sondern auch drei seiner Mittelhandknochen brachen – was für einen Handwerker wie einen Zahnarzt relativ suboptimal ist.

Meine Mutter begann hysterisch zu weinen, und als Vater meine Schwester voll aggro anbrüllte, sie könne ja ausziehen, kam sie zwei Tage lang nicht mehr nach Hause. Jetzt haben sie Sonja für ein Jahr nach Genf in ein Internat gesteckt. Dort soll man ihr die Flausen austreiben und ihr stattdessen Französisch beibringen.

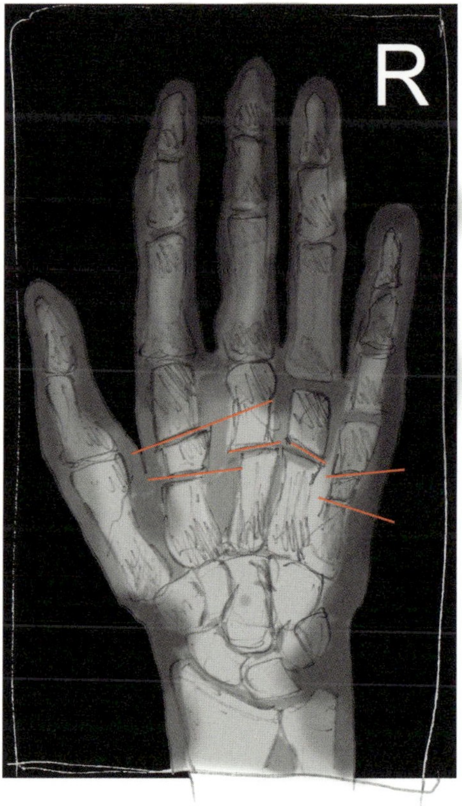
R

Die Flausen austreiben!
Also meine Eltern sind manchmal schon Superfantasten.
Erwachsene Menschen – aber naiv wie die Gartenzwerge aus dem Baumarkt.
Sonja auf den richtigen Weg bringen.
Wie drollig ist das denn?!
Da war wohl wieder mal der Wunsch der Vater des Gedankens.
Vergiss‿es.

Ich skype oft mit Sonja, und soweit ich das beurteilen kann, scheint in diesem Mädcheninternat der Papst im Kettenhemd zu tanzen. Aber das weiss man ja: Je strenger solche Schulen geführt werden, desto heftiger toben sich die Schüler dann in der knappen Freizeit aus. Vor allem nachts. Aber Französisch wird sie wohl schon lernen, die Sonja, weil sie ja den »gentil« Jean kennen gelernt hat.
*»Jean mange une orange.«*
Sorry, aber wenn einer Jean heisst, dann kommt mir immer dieser Satz hoch, ob ich will oder nicht. Das ist wohl eine Art Schul-Schaden. Diesen Satz hat man mir in den letzten Jahren in einer Überdosis eingetrichtert. Er hilft Sonja aber im Liebesleben sicher auch nicht weiter. Im Gegenteil.

Jean kommt aus der Elfenbeinküste.
*»Jean mange une orange.«*
Und ich weiss jetzt grad gar nicht so recht, ob meine Eltern das übermässig super finden würden, obwohl sein Vater Botschafter ist oder irgend so etwas.

Ab und zu überlege ich mir ernsthaft, ob ich mich nicht auch nach Genf schicken lassen soll. Nehmen wir mal an, Tim Tabak würde mir einen Joint organisieren, und ich würde direkt vor dem Büro unseres Rektors Rösti kiffen, ich glaube, das würde reichen, um meine Eltern zur Verzweiflung zu bringen.
Genf.
Die Metropole der Westschweiz. Kuhfladenfrei und sehr international. Und einen Louboutin-Store hats auch, das habe ich bereits herausgefunden. An der Rue du Rhône, Nummer 17. Allerdings fehlen mir im Moment noch die finanziellen Mittel. Und Französisch ist auch nicht gerade mein Lieblingsfach. Ich müsste also unbedingt auch einen Jean finden. Oder einen Charles. Optimal wäre ein Charles Jourdan.
*»Charles mange aussi une orange.«*

Boah, meine Eltern würden voll überschnappen! Im Moment ruhen ja all ihre Hoffnungen auf mir, weil ich doch so schlau und vernünftig bin.

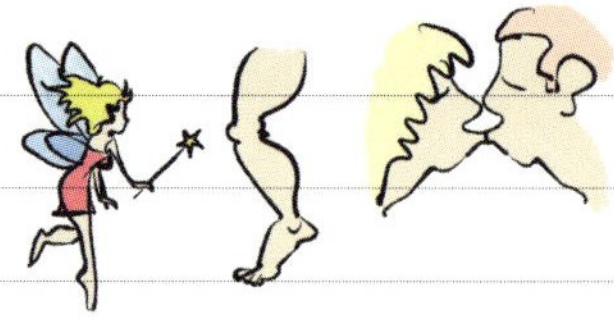

Aber Zahnärztin?!
Never ever!
Niemals.
Jetzt mal ehrlich: Was soll an diesem Beruf so wahnsinnig faszinierend sein? Man ist ja eigentlich bloss irgendwie Mechaniker, und will ich Mechanikerin sein? Nicht die Bohne. Dazu kommen die extrem erschwerten Umstände. Allein schon die Körperhaltung ist superungesund. Drum jammert mein Vater doch auch dauernd über Rücken- und Nackenschmerzen. Tag für Tag stochert er stundenlang in einer Art Nussgipfelstellung in fremden Mündern herum. Er findets zwar interessant, aber ich meine, so eine Mundhöhle hat man ja dann doch auch einmal gesehen.
Es ist ja nun nicht so, dass sie so spannend wäre wie das Hölloch im Schwyzer Muotatal, das mit über 200 Kilometern das zweitlängste Höhlensystem Europas ist. Wir waren in der sechsten Klasse auf der Schulreise dort. Ist also schon superspektakulär. Man sagt, dass das Labyrinth rund eine Million Jahre alt sei. Und der Name Hölloch habe nichts mit Höhle und erst recht nix mit der Hölle zu tun. Sondern komme von »hähl«. In der Schwyzer Mundart bedeutet »uhuerehähl« superrutschig. Und dieses »Hähl« wiederum, das komme von »Hell« oder »Höll«, wie die Einheimischen ein schlecht zugängliches und rutschiges, steiles Gelän-

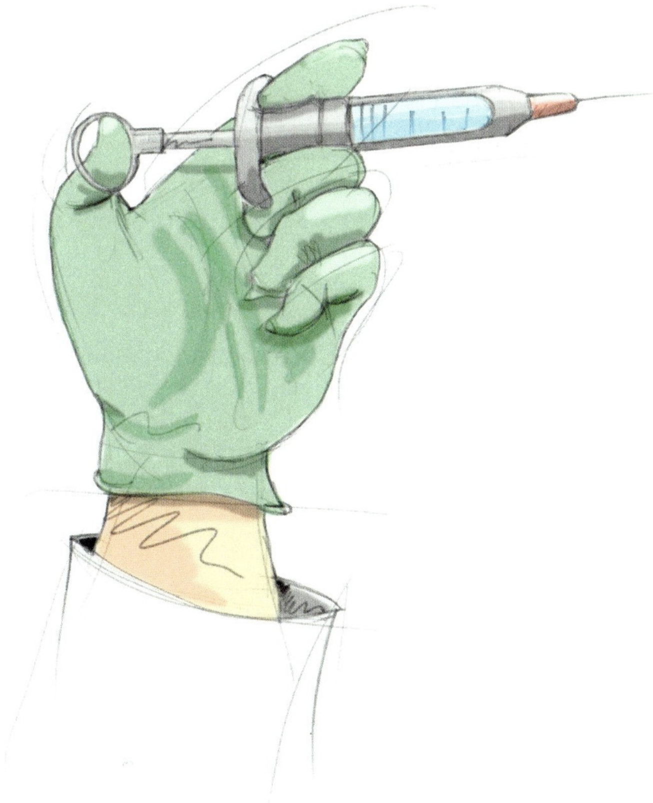

destück nennen. Einfach gesagt: ein Tobel halt. Wieder was gelernt. Aber ich mag ja wie gesagt nicht nur neue Mode, sondern auch neue Wörter.

Zahnärzte haben mehr mit Löchern als mit Höhlen zu tun. Und mit bibbernden Menschen, die bestimmt nie »Judihui, ich geh zum Zahni!« rufen. Niemand geht da gern hin, und keiner bleibt freiwillig länger als notwendig. Eine richtige Unterhaltung mit den Patienten gibt es auch nicht wirklich. Kunststück, mit aufgesperrtem Mund wird so ein Gespräch schnell einmal sehr einseitig und einsilbig. »Äääääh«, »haaah«, »hooh«, »aua«! Der grösste Unterschied zwischen der Kundschaft und dem Zahnarzt ist der, dass sich der Zahnarzt in aller Regel auf der richtigen Seite der Spritze befindet. Und vor allem: So ein Zahnklempner verdient richtig supergut. Man könnte fast sagen, er bekommt fälschlicherweise das Schmerzensgeld, das seinen Patienten zustünde. Hihi.

Aber erstens ist Geld nicht alles, und zweitens kann man mit etwas Glück und dem gewissen Etwas auch als Model viel davon haben. Gisele Bündchen, das deutsch-brasilianische Topmodel zum Beispiel, soll schon 430 Millionen Dollar verdient haben. Dazu brauchte sie sich bloss schön zu bewegen, schön zu gucken und ihre schönen Zähne zu zeigen. Das ist dann

schon etwas ganz anderes, als in fremden Mündern rumzufummeln! 430 000 000 Dollar (sind das jetzt genügend Nullen?) fürs Schönsein – also dieses Geschäftsmodell überzeugt mich doch irgendwie wesentlich mehr als das meines lieben Daddys.
Aber sag das mal meinem Vater. Er hört mir gar nicht richtig zu. Er hat gern das Sagen, und gross diskutieren lerne ich zu Hause nicht. Er hat es jedenfalls nicht so mit Argumenten. Sein Wort gibt die Richtung vor. Zack. Fertig. Ist ja klar, der kennt das gar nicht anders, denn auf dem Zahnarztstuhl kann ihm ja eh keiner widersprechen, egal, was er sagt. In seiner Praxis ist er der Boss. Und er ist, ganz im Gegensatz zu seinen Opfern auf dem Stuhl, mit allerlei gfürchigen Instrumenten bewaffnet.
Dennoch: Ich und Zahnärztin?
Nie!
Und das Schlimmste daran habe ich noch gar nicht erwähnt: Ich müsste immerzu weisse Schürzen tragen, die höchstens mal mit ein paar Blutspritzern farblich aufgepeppt würden. Nein, come on!

Jetzt sind meine Gedanken sehr weit abgeschweift. Dabei sitze ich immer noch am Mittagstisch und stochere schweigend in meinem Teller rum. Meinen Eltern lasse ich für den Moment die Hoffnung, dass ich eines Tages

DR SUPER

ins Bohrer-Business einsteigen werde. Was solls. Die Atmosphäre in der Familie ist eh angespannt genug. Sollen sie doch glauben, was sie wollen. Und wer weiss: Vielleicht bin ich eines Tages so verzweifelt, dass ich tatsächlich Zahnmedizin studiere. In meinem Kopf habe ich allerdings andere Pläne.
Träume.
Flausen, würde meine Mutter sagen. Flausen im Kopf.
Flausen!
Ein originelles Wort, finde ich. Könnte von mir erfunden sein. Ich habe nachgeforscht, woher es stammt. Im Internet steht, dass der Ausdruck »Flausen im Kopf haben« aus dem 18. Jahrhundert komme und bedeute: »unrealistische Pläne schmieden oder verrückte, sinnlose Ideen haben«. Ja, weiss ich, genau das will mir ja meine Mutter rüberbringen, aber in diesem Punkt hat sie echt keine Ahnung!
Ursprünglich seien mit Flausen »herumfliegende Wollflocken« oder »ein loses Fadenende« bezeichnet worden, etwas Lockeres und Unstrukturiertes, das im übertragenen Sinn die Gedanken eines leichtsinnigen Menschen verwirren könne. Und der Duden erklärt es noch klarer und ganz unpoetisch: dummer Einfall, Spinnerei, Unsinn.
Punkt.

Ist mir doch egal! Ich sehe das ganz anders: Kommt, liebe Flausen, kommt und füllt meinen Kopf! Ich warte darauf. Ich bin jung, und ich nehme mir das Recht heraus, zu träumen. Ich darf das. Ausserdem haben herumfliegende Wollflocken und lose Fadenenden doch auch irgendwie etwas mit Mode zu tun, mit Design, mit Haute Couture. Flausen liegen also genau auf meiner Linie.

Die GM Fischer träumt wahrscheinlich nicht mehr. Mindestens sieht sie so aus. Aber ich, ich erlaube mir Träume. Ich erlaube mir Flausen im Kopf. Ich bin eben ein flausiger Typ. Ich flause gern. Ha!
Und ich erfinde Wörter, bis mein Wortschatz aus allen Nähten platzt!
Und ich sag dir eins, ich hab im Fall nicht bloss so sanfte Flausen, ich hab richtige Motorflausen im Kopf. Brrrrrrrrummmm. Und diese Motorflausen, die schwirren mir – summend wie fleissige Bienen, wie Wespen und manchmal sogar wie Hornissen – durchs Gehirn und wirbeln alles durcheinander.
Yolo!
You only live once!
Du lebst nur einmal.

»Gehen wir nachher zusammen joggen?«, fragt meine Mutter.

Ich nicke. Klar. Nach diesem Mittagessen kann ich gar nicht genug weit joggen gehen. Eines weiss ich: Eine gute Figur ist nicht einfach ein schönes Geschenk. Jedenfalls nicht immer, nicht für jeden, nicht nur. Sie ist auch das Resultat harter Arbeit, verlangt Selbstdisziplin, schreit nach Sport. Und der einzige Vorteil unserer ländlichen Umgebung ist die Tatsache, dass man gleich vom Haus weg joggen kann. Künzlis an und los!

Meine Mum ist unglaublich fit für ihr Alter. Sie ist schon vierzig und hats echt drauf. Sie gibt sich Mühe, mir meine fehlenden Freundinnen zu ersetzen. Und ja, bestimmt sucht sie auch meine Nähe, weil sie selber hier nicht so richtig Anschluss findet. Und wenn sie auch oft super nervt: Wir haben doch einige gemeinsame Interessen. Innenarchitektur, Modefotografie, Lesen, (Wasser-)Skifahren, Tanzen zum Beispiel. Aber

wer will schon seine Mutter zur Freundin haben???
Oder gar mit ihr in der Disco abtanzen! O my god!
Voll peino. ;-(

Wir rennen also zusammen durch die Pampa, traben im weitesten Sinn Richtung Zürich. Im allerweitesten Sinne. Der Fussweg steigt an und mit ihm der Puls. Ich gebe zu: Es tut gut, sich so zu spüren, den ganzen Körper als eine kompakte, leistungsfähige Maschine wahrzunehmen, die imstande ist, auch einmal längere Zeit auf Hochtouren zu arbeiten. Und irgendwie ist es herrlich, die frische Luft zu trinken, die mit jedem Atemzug in die Lunge fliesst.
»Ich - wollte - ich - wollte - heute Morgen - eine - Winterjacke kaufen. Aber im Moment - im Moment - sind - alle irgendwie mit Pe-he-helzen besetzt. Wenn nicht an der Kapu-hu-ze, dann an den Ärmeln oder - oder - oder am Kra-ha-gen«, keucht meine Mutter.
»Ein No-Go! Das geht gar - nicht«, antworte ich, auch ein bisschen ausser Atem.
»Aber - ist - ist - grad Mo-ho-de.«
Beim Pelz sind wir uns einig: ohne uns!
»Wenn man - we-he-nigstens klar sehen könn-te, dass es Kunst-pelz ist«, schimpft meine Mutter.
Aber eigentlich, das wissen wir beide, sollte man auch auf Kunstpelz verzichten. Denn inzwischen sind gewisse

Pelze ja schon so billig, dass sie als Kunstpelze ausgegeben werden, damit sie gekauft werden. Oder man informiert den Kunden gar nicht erst, was er da kauft. Mum und ich haben Filme über den chinesischen Marderhund gesehen. Ja grüezi mitenand! Unvorstellbar, was die mit den armen Tieren machen. Die werden in engsten Käfigen gehalten und bei lebendigem Leibe gehäutet! Musst mal »Die Wahrheit über Pelz« youtubeln oder »Gift auf unserer Haut«. Danach wirst du, wie ich, Albträume haben. Voll krass, was wir Menschen mit Tieren so anstellen. Styling ist ja wichtig, aber bitte nicht um jeden Preis.

»Rihanna zeigt sich gerade im neuen ›Tamara‹ mit bunten Kunstpelzen. Schade, dass sie sich dafür hergibt«, meint meine Mum.

Tja, gell, da staunst du! Ich habe eine Mutter, die weiss, wer Rihanna ist. Dafür bin ich dankbar. Sie ist schon sehr aufgeschlossen und interessiert sich auch für das, was in ihrem Alter nicht mehr so angesagt ist. Wir können auch Bücher, Kosmetik, Kleidung oder Loubies tauschen, gemeinsam shoppen gehen oder Filme anschauen. Na ja, das mit den Loubies läuft eben schon eher heimlich.

Wir traben an einem kahlköpfigen Mann vorbei, der in einem beigen Regenmantel am Wegrand steht und uns

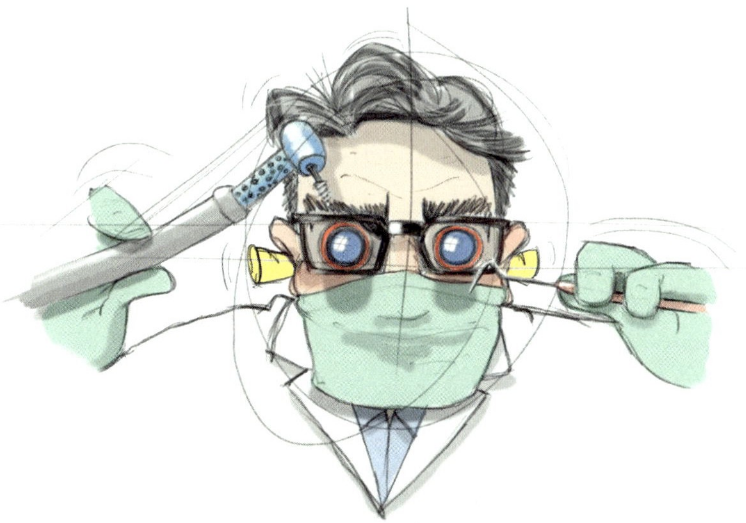

mit aufgerissenen Augen anstarrt. Schräger Typ. Was macht denn der hier? Frauen anstarren. Klar. Aber sonst? Abartig.

Doch, ich habe eine supercoole Mum.
Aber leider hat auch sie nicht das geringste Verständnis dafür, dass ich einmal Model werden möchte. Bei meinem Vater ist das ja klar. Er ist als Zahnarzt diesbezüglich auf beiden Ohren taub. Das liegt sicher auch daran, dass er von Berufs wegen Stöpsel in den Ohren hat, damit er das Geschrei seiner Patienten nicht hört. Hihi (Witzli). Aber meine Mutter müsste mich doch verstehen! Tut sie aber nicht.
Ups!
Shit!
Ich bin fast in einen Kuhfladen getreten und vor Schreck über meine eigenen Haxen gestolpert. Schon verrückt: Ich habe die gleichen langen Beine wie Georg Gepard. Ihm helfen sie, schnell zu sein, und zwar richtig schnell, schnell wie ein Gepard eben. Und mir? Mir sind sie irgendwie ständig im Weg. Auch wenn ich nicht sooo ungern jogge: Ich bin ungelenk und nicht wirklich sportlich. Ich könnte mit meinen Schienen schneller häkeln als rennen. Ich halte mich fit, das schon. Aber Freude am Sport, das ist etwas anderes. Ich glaube eher, dass meine langen Beine für den Laufsteg gemacht sind. Daheim

habe ich eine alte DVD, auf der Bruce Darnell zeigt, wie man als »Germany's next topmodel« richtig geht. Schreitet. Das kann ich perfekt. Ich habs super drauf. Und irgendwann werde ich zur richtigen Zeit am richtigen Ort schreiten. Man wird mich entdecken und fördern und feiern. Ihr seht, meine fröhlich-flausigen Flausen flusen grad federleicht mit mir durch die klare Winterluft! Sara, die Superflause. Hihihi.

Was, ihr Banausen kennt Bruce Darnell nicht? Das ist der schöne amerikanische Choreograf aus »Germany's Next Topmodel«, »Das Supertalent« oder »Deutschland sucht den Superstar«. Der mit dem Spruch: »Die Handtasche muss lebendig sein!« Cool. Damit meinte er, dass man eine Handtasche nicht wie einen Betonklotz über den Laufsteg trägt, sondern zeigt, dass die Tasche dazugehört, zum Outfit und zum Leben!

Bevor er Model wurde, war Bruce Darnell – ich weiss, das kann man kaum glauben – Fallschirmspringer bei der US-Army. Und dies, obwohl er doch so nahe am Wasser gebaut ist. Auch wenn er dauernd supertuntig heult und auf seinen Heels megaschawühül herumschneeflöckelt, finde ich diesen Mann total cool.

Ja, ja, ich weiss, dass er schwul ist. Wen interessierts? Der müsste mal mein Vater sein!

Schwierig, ich weiss – aber immerhin wäre ich dann längst auf dem Laufsteg. Hihi.

# 5

Neuer Schultag.
Neue Langeweile.
Neues Mausgrau.
Die GM trägt heute einen engen grauen Strickpulli und alte ausgeleierte Graujeans. Sie bleibt ihrem Übernamen treu. Stur. Aber jetzt mal ehrlich, eigentlich sollten die das doch in der Lehrerausbildung beigebracht bekommen: Langweiliges Aussehen unterstreicht die Langeweile im Unterricht. Gäääähnnn!
Ich mache heimlich mit meinem Handy ein Foto von ihr, als sie sich gerade intensiv mit Tim Tabak beschäftigt, der mal wieder eine Strafarbeit nicht abgegeben hat und jetzt noch mehr Strafarbeit aufgebrummt bekommt. Dem guten Tim ist wirklich nicht zu helfen.
Ihr aber auch nicht.
Zooom.
Klick.
Und dann zu Hause bestätigt sich meine Vermutung. Ich muss lachen. Im neuen »Tamara« wird fast genau der gleiche Look gezeigt, den die GM trägt. Volltreffer! Grauer Alpaka-Merino-Wollpullover mit Jeans. Man

könnte sich echt darüber amüsieren. Und trotzdem: Die GM macht alles falsch. Der Pulli ist viel zu eng, dafür die Hose viel zu unförmig und plump. Dabei hätte sie durchaus eine Figur, die GM, aber das versucht sie zu verbergen. Den grauen Strickpullover sollte sie unbedingt etwas oversized tragen, etwas grösser also, dazu Leggings-Jeans oder zumindest schmale Hosen, kombiniert mit gröberen Schuhen. Oder Sneakers. Ich meine, so sieht sie ja voll aus wie der abgewetzte Jutesack des Weihnachtsmanns.

Es juckt mich.

Ich werde ganz flausig.

Ich kann nicht anders.

Ich schreibe ja ab und zu einen Beitrag für unsere Schülerzeitung. Über Mode und Styling. Und jetzt kann ich nicht anders. Ich schneide das Bild aus der »Tamara« aus und lege es neben das Foto von der GM. Und dann schreibe ich einen super-witzig-frechen Text mit dem Titel: »Knapp daneben ist auch vorbei«. Selbstverständlich überlege ich mir jede Formulierung ganz genau. Vorsicht ist die Mutter der Porzellankiste. Allerdings ist die GM bekanntlich eh nicht gut auf mich zu sprechen – somit kann ich da nicht besonders viel verderben. Aber trotzdem: Unsere Beziehung soll ja nicht unbedingt zur offenen Feindschaft werden.

»Manchmal wünschte ich mir, unsere Lehrer wären etwas mutiger, modischer – und weniger langweilig gestylt. Schlimm genug, wenn der Unterricht langweilig ist. Frau Fischer hat es diese Woche immerhin fast geschafft, im perfekten Outfit vor die Klasse zu treten. Fast. Beinah. Nur knapp daneben: Der Pulli minimst weiter geschnitten, die Hose etwas schmaler, dazu einen Tick frechere Schuhe – und sie wäre die Styling-Queen der Woche geworden! Frau Fischer hat eine gute Figur, aber wenig Mut zu Mode und Farbe. Schade.
PS: Die Autorin stellt sich gern für Lehrer-Styling-Beratungen zur Verfügung.«

Ui. Etwas Herzklopfen habe ich schon, als ich die beiden Bilder und den Text an die Redaktion unserer Schülerzeitung maile.
»Bist du sicher, dass du das drucken lassen willst? Das riecht nach Ärger«, warnt mich Christa Carenini, die verantwortliche Redaktorin, am nächsten Morgen vor der Schule. Sie ist zwei Klassen über mir und hat mich extra abgepasst, weil sie sich Sorgen um meine Zukunft macht.
»Ja«, sage ich und klinge selbstsicherer, als ich mich fühle. »Notfalls gehe ich halt wie meine Schwester nach Genf ins Internat.«

Christa grinst. Sie würde selber gern aufmüpfigere Artikel schreiben, traut sich aber nicht. Umso mehr freut sie sich über Frechheiten, wenn andere ihren Kopf dafür hinhalten.

Am Erscheinungsdatum der Schülerzeitung fühle ich mich dann doch etwas krank. Ehrlich. Am liebsten würde ich kneifen, daheimbleiben und mir eine Decke über den Kopf ziehen.

»Geht es dir nicht gut?«, fragt meine Mutter besorgt und legt den Handrücken an meine Stirn. »Kein Fieber«, sagt sie, als hätte sie ein eingebautes Fieberthermometer. »Habt ihr eine Prüfung?«, fragt sie jetzt misstrauisch.

»Nein, nein. Alles okay. Mir ist nur ein wenig übel«, beschwichtige ich.

»Mhm.« Meine Mutter schaut mich an und zieht die Augenbrauen hoch, fragend, prüfend.

Ich schweige. Sie wird sicher noch früh genug von meinem Artikel erfahren. Aber vielleicht sollte ich schon mal anfangen, meinen Koffer zu packen für Genf?

Gestern Abend habe ich meiner Schwester über Skype meinen Text gezeigt, und sie hat sich halb schlapp gelacht. Vor allem das Bild fand sie zum Auffressen geil. Aber geschimpft hat sie trotzdem ein wenig. Da ist wohl das Ältere-Schwester-Gen mit ihr durchgegangen. »Du spinnst total, Sara«, meinte sie, und: »Du spielst mit dem Feuer, pass bloss auf, dass du dir nicht die Pfoten verbrennst!«
Ich entgegnete, dass Papier geduldig sei und die Suppe eh nie so heiss gegessen werde, wie sie gekocht wird. Aber Sonja schimpfte weiter: »Du hast einen kompletten Flick weg! Am Ende landest du auch in ›Dschiniwa‹. Und glaub mir: So witzig ist es hier nun auch wieder nicht. Obwohl, cooler als in Schwyz vermutlich schon.« Jetzt lachte sie wieder. »Und vergiss nicht: Du bist die Hoffnung der Familie. Du bist die Zahnfee. O je! Also reiss dich zusammen, und vermassle nicht alles, Frau Doktor.«

»Zahnärztin! Das wüsste ich aber! Also da werde ich dann noch eher Lehrerin im Kollegi!«, wehrte ich mich.

In der Nacht war ich dann so durcheinander und aufgeregt, dass ich träumte, die GM sei meine Zahnärztin.
Hooororrr!
Sie trug einen gräulich weissen, mit Blut bekleckerten Zahnarztkittel, und ich lag auf ihrem grauen Stuhl, absolut panisch.
Superhooororrr!
In der einen Hand hielt sie einen Revolver, in der anderen eine riesige Zange, und zwischen ihren vergilbten Vampirzähnen klemmte eine tropfende Spritze. Und gerade als sie anfangen wollte, mich wegen meines Artikels zu foltern, mir die Zähne auszureissen und ihre graumäusigen Lehrerfinger in die Nase zu schrauben, piepte mein Wecker.
Ich war pflotschpflätternass!

Nicht alle lesen die Schülerzeitung.
Und nicht alle sofort.
Aber diesmal kommt es mir so vor, als hätten sie alle gelesen, und zwar soforter als sofort.
Wie ein Schnellzug braust die Nachricht von meinem frechen Artikel durch die Klassen, und schon in der Pause werde ich zum Rektor zitiert.
Rektor Raymond Rösti ist irgendwie immer nett. Fast immer. Normalerweise. Er macht Spässe und lacht viel. Fast immer und normalerweise.

Jetzt ist er allerdings eher sauer. Das sehe ich, schon bevor ich vor seinem Schreitisch stehe. Mein Gehirn kann sehr schnell erste Eindrücke verarbeiten.

»Setz dich!«

Ich fühle mich plötzlich winzig klein vor dem grossen Schreibtisch des Rektors.

Rösti räuspert sich, streicht sich über die Stirnglatze, räuspert sich noch einmal. Und dann, dann spricht er ganz ruhig, aber eindringlich und fixiert mich dabei mit seinem Blick, wie das eine viereinhalb Meter lange schwarze Mamba mit einem Zwergkaninchen macht.

»Schönheit ist ein kostbares Gut, Sara. Aber es ermächtigt dich nicht dazu, die Gefühle anderer zu verletzen. Schade, wenn sich äussere Schönheit – so, wie bei dir grad – nicht mit innerer Schönheit paart. Dann ist sie leider nicht viel wert. Und auch das Wort emotionale Intelligenz könntest du bei Gelegenheit mal googeln, statt immer bloss Modetrends im Internet zu verfolgen.«

Amen.

»Ich weiss, was emotionale Intelligenz ist. Das muss ich nicht googeln«, wage ich leise zu erwidern. Wenn er mich für eine hohle Modetussi hält, muss ich mich doch wehren.

»Ja, dann erklärs mir doch bitte!«, fordert mich der Rektor auf, und ich glaube fast, er unterdrückt ein Lächeln.

»Man könnte von Herzensintelligenz sprechen. Es geht um den Umgang mit eigenen Gefühlen und den Gefühlen anderer. Mitgefühl, Höflichkeit und so Zeugs.«

»Aha. In der Theorie hast du es also begriffen.« Rösti schweigt und schaut mich an, mustert mich eindringlich. »Und was denkst du, wie sich die Frau Fischer jetzt fühlt nach deinem bösen Artikel?«, fragt er mit hochgezogenen Augenbrauen. »Glaubst du, sie fühlt sich super?«

Super? Darf Rösti so reden? Hat ihm die GM noch nicht gesagt, dass dieses Wort im Kollegi auf dem Index steht, also sozusagen verboten ist?

Soll ich Rösti jetzt erklären, dass sich mein Mitleid in Grenzen hält, weil ich mich schon oft sehr, sehr schlecht gefühlt habe, nachdem sich die GM vor der ganzen Klasse über meinen Wortschatz ausgelassen hat? Wahrscheinlich nicht.

Kann ich ihm jetzt erzählen, dass ich mich von ihr seit der ersten Schulstunde schikaniert fühle? Wahrscheinlich auch eher nicht.

Sie ist oben, ich bin unten. Die Hackordnung ist klar. Also muss ich wenigstens so tun, als täte mir alles leid, sonst komme ich aus dieser Nummer nicht raus, und Rösti meint dann noch, er müsse meine Eltern informieren. Super.

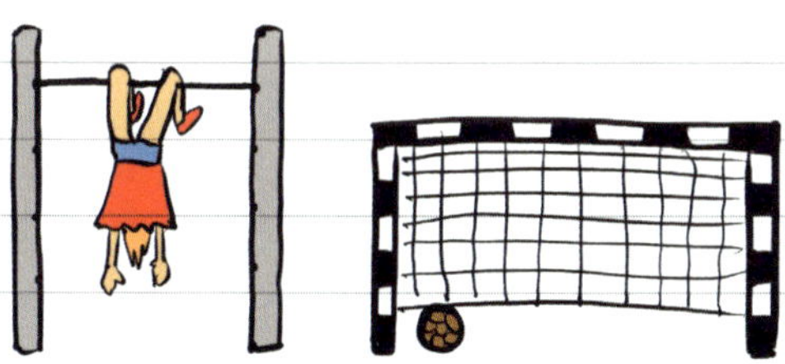

So erkläre ich brav: »Herr Rösti, ich werde mich persönlich bei Frau Fischer entschuldigen. Ich sehe ein, dass ich einen grossen Fehler gemacht habe. Ich werde das schnellstmöglich mit ihr unter vier Augen klären.«
»Gute Idee«, sagt er. »Auf Wiedersehen!«
»Adieu!«
Die Pause ist um. Und so bin ich erlöst und kann wieder abzotteln. Aber ich habe noch das Gespräch mit der Graumaus am Hals. Also doch nicht wirklich erlöst.

Nach der letzten Unterrichtsstunde klopfe ich an die Tür des Lehrerzimmers. Nein, ich bin weder mutig noch frech. Aber was soll ich tun? Das Gespräch vor mich herschieben und eine schlaflose Nacht haben vor der morgigen Deutschstunde? Was du heute kannst besorgen, das verschiebe nicht auf morgen.

Die Tür geht auf, und die versammelten Lehrer mustern mich mit ernsten Blicken. Sie sitzen um einen langen Tisch herum, und es sieht voll so aus wie in einem verruchten Saloon in einem Spaghettiwestern von Quentin Tarantino. Einfach ohne Spaghetti. Das kalte Neonlicht macht die Stimmung noch eisiger, als sie eh schon ist. Es wird getuschelt. Frau Fischer steht auf und schreitet in ihren schweren Boots langsam auf mich zu. Sie fixiert mich mit ihrem Revolverheldenblick wie ein

Cowboy, der auf der staubigen Strasse vor dem Saloon von Red Rock darauf wartet, dass sein Gegner beim Duell eine falsche Bewegung macht. Ihre Hand schwebt knapp über dem polierten Perlmuttgriff ihres 45er-Peacemaker-Colts, der in einem dunkelgrauen Lederholster steckt (das perfekt zu ihren grauen Schlabberjeans passt) und an der Unterseite mit einem dünnen grauen Lederbändchen knapp über dem linken Knie festgezurrt ist.

Frau Fischer ist Linkshänderin.

»Im Saloon halten die Leute die Luft an. Der Pianist hört auf, auf seinem verstimmten Klavier zu klimpern. Das Einzige, was man jetzt noch hört, ist das gequälte Furzen einer Stechmücke.«

Mit diesen Worten würde Johnny Depp später einmal die dramatische Szene beschreiben – und grinsend verkünden, dass er, sollte die Geschichte jemals verfilmt werden, den Soundtrack dazu komponieren wolle. Mit viel Geigen, Pauken und Trompeten und mit Tims verrauchter Hohner-F-Mundharmonika als Lead-Stimme.
Aber bleiben wir in der Gegenwart.
Mein Herz wummert.

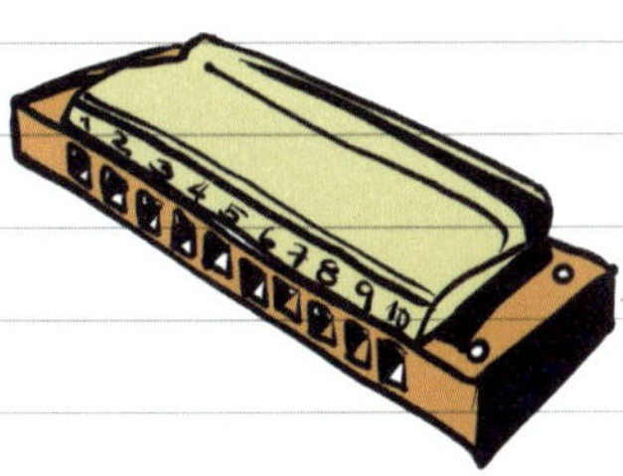

»Komm rein!«, sagt die GM. Oha, sie schenkt mir nichts. Ich soll mich also im Lehrerzimmer vor all den Bildungs-Cowboys zur Schnecke machen lassen?
»Ich möchte mich bei Ihnen entschuldigen«, sage ich schnell, weil ich es sofort hinter mich bringen will und nur noch ans Flüchten denke. »Ich wollte Sie nicht verletzen oder blossstellen.«
»Was wolltest du denn dann?«, fragt die Buchstaben-Bitch unversöhnlich.
Eine Lehrerin kichert, nimmt einen grossen Schluck Brandy, rülpst und wendet sich ab. Okay, das war jetzt vielleicht ein bisschen übertrieben. Aber so habt vielleicht wenigstens ihr etwas zu lachen.
Egal, ich entschuldige mich: »Ich war einfach fasziniert von der Ähnlichkeit der beiden Outfits und habe nicht nachgedacht. Es tut mir leid.«
»Aha.«
Wir stehen uns gegenüber. Unglücklicherweise trägt sie auch heute diesen engen, grauen Pulli, was das Ganze für sie sicher noch peinlicher macht. Für mich aber auch. Ich habe Supermist gebaut. Und sie wird mich dafür leiden lassen. Tag für Tag. Ich denke gerade intensiv nur an ein einziges Wort: Genf.
Aber ich habe die GM unterschätzt.
Blitzschnell zieht sie ihren Revolver.
»Gut«, sagt sie.

»Gut?«, frage ich.
»Na ja, natürlich ist es nicht gut. Aber hoffentlich hast du verstanden, dass so was nicht geht. Ich nehme die Entschuldigung an.« Und mit einer schnellen artistischen Drehbewegung steckt sie die Waffe zurück ins Holster.
Wir stehen uns gegenüber. Sie lächelt ein wenig.
»Danke, Frau Fischer«, sage ich schnell, will mich möglichst bald aus der Schusslinie bringen, deute einen Knicks an, drehe mich im Stand um und bin schon fast weg.
»Haaalt!«
Dachte ichs mir doch. So leicht komme ich nicht davon. Sie hält mit beiden Händen lässig die Silberschnalle ihres Revolvergürtels.
»Ich habe mir eine Strafe überlegt.«
Oh.
Kaugummis vom Pausenplatz wegkratzen? Einen Aufsatz über emotionale Intelligenz schreiben? Mit der Zahnbürste das Treppenhaus schrubben?
»Ich will eine Gegendarstellung.«
Hä?
Sie glaubt doch nicht im Ernst, ich schreibe jetzt einen Artikel, in dem ich sie zur Mode-Ikone der Schule erkläre?
Nein, ich habe sie abermals unterschätzt.

»Mittwoch, Punkt eins. Wir treffen uns am Bahnhof Schwyz. Am Gleis 3. Du gehst mit mir einkaufen. In Zürich. Du berätst mich. Es dauert so lange, wie es dauert. Grosseinkauf. Stell dich darauf ein.«

Im Saloon steht die Zeit still. Hinter der Bar tickt leise die Ikea-Wanduhr »Pugg« (Fr. 14.95), die vom Designer, Fotografen, Filmemacher und Musiker Alex Cornell aus San Francisco designt wurde. Der sieht fast so aus wie Seven und ist genau wie der Soulsänger ein Multitalent. Im Moment arbeitet er vor allem als Produktedesigner für Facebook Live. In seiner Freizeit spielt er Gitarre und Klavims und covert alle möglichen Songs. Von Adele über Beyoncé, John Clayton Mayer oder John Legend bis hin zu Coldplay. Einzig an die kettengesägten Welthits von Tim Tabak hat er sich noch nicht herangewagt. Er hat wohl Angst, sich dabei zu verletzen. Hihi. Nein, ehrlich, du musst ihn unbedingt mal googeln und youtubeln.

Anyway, ich stehe da wie angefroren. Ich bin platter als die Vinylplatte »BackFunkLoveSoul« von Seven, die er zur Promotion seines letzten Albums persönlich den besten Schweizer DJs in die Clubs brachte. ~~(Mein Vater hat mir eine dieser seltenen Platten nach Hause gebracht. Seven ist drum einer seiner Patienten – aber das darf man nicht wissen, Arztgeheimnis, ihr versteht, also pssst! Vergesst diesen Abschnitt am besten gleich wieder.)~~

Plattfuss-Indianer

»Okay?«, fragt Frau Fischer, und ich glaube, ein Leuchten in ihrem Gesicht zu sehen. Wahrscheinlich lacht sie mich aber bloss aus, weil es ihr gelungen ist, mich sprachlos zu machen.
»Und dann will ich einen Bericht mit Foto in der Schülerzeitung sehen. Jetzt kannst du mal zeigen, was du draufhast.«
»G-g-g-ern. D-d-d-anke. S-s-s-uper.«
Ich komme voll ins Stottern.

Ich hüpfe, luftspringe, fliege fast heimwärts vor fröhlicher Aufregung. Das ist superhammergeil! Endlich nimmt mich mal jemand ernst, auch wenn es nur die GM ist. Ich darf beraten, stylen. Es ist genial! Ich bin begeistert.

Und da steht er wieder, der seltsame Mann im Regenmantel, einfach an eine Hauswand gelehnt, und er starrt mich an. Verfolgt er mich? Irgendwie gruslig. Der gehört doch nicht hierher. Ich renne an ihm vorbei, und als ich mich noch einmal umdrehe, ist der eigenartige Typ verschwunden.
Egal, ich hab keine Lust, weiter über ihn nachzudenken. Die GM gibt mir eine Chance, mein Styling-Talent unter Beweis zu stellen. Ein Lotto-Sechser. Mein Herz hüpft, und ich fühle mich fröhlich und frei wie ein Vogel. Yippie-ja-yeah!

Zu Hause will meine Mum dann aber meine Freude nicht mit mir teilen. Sie ist schockiert, dass ich so einen frechen Artikel geschrieben habe.
»Du, das ist eine Strafarbeit. Du solltest dich schämen, nicht freuen!«, betont sie, ganz die Spassbremse.

Aber ich lasse mir von ihr nicht meine Laune verderben und greife zu einem Modemagazin.
Ich werde dem Leben von Frau Fischer eine völlig neue Wendung geben.
»Sie hat eine gute Figur«, sage ich. »Sie hat nur keinen Mut und keinen Geschmack. Sie ist total geschmacksneutral. Oder dann ist ihr ihr Aussehen egal.«
»Vielleicht hat sie keinen Mann, dem sie gefallen will«, vermutet Mum.

»Oder sie will keinen.«

»Oder sie will einen, kriegt aber keinen, weil sie so rumläuft, wie sie rumläuft.«
»Du, es kann aber auch sein, dass sie das Aschenputtel ist, und wir wissen es nicht. Hei, das wäre ja supergeil! Stell dir vor, wir befinden uns in einem riesigen Märchen. Du und ich und Paps und die Frau Fischer, Tim Tabak, Johnny Depp, die ganzen Hang-Looser unserer Klasse und Metzger Marti mit seiner langweiligen Tochter von der Kantonspolizei. Und dann, ›Zack eine Amsel!‹, taucht plötzlich ein Prinz – Turnlehrer Camenzind? – bei uns im Klassenzimmer auf und bringt einen Louboutin-Schtögischuh aus Glas vorbei. Und alle müssen ihn anprobieren, und – Trommelwirbel! – wem passt er: nur der GM! Ich sehe die Schlagzeile schon vor mir. ›Königssohn heiratet graumäusige Lehrerin!‹ Diese Geschichte ginge wie ein Lauffeuer um die Welt.«
»Ach, du mit deinen Flausen«, stöhnt meine Mutter kopfschüttelnd.
Jetzt müssen wir beide herzhaft lachen, und Mum will nicht mehr griesgrämig sein. Sie setzt sich zu mir und legt mir eine Hand auf die Schulter.
»Sei vorsichtig, Sara. Wenn du ihr zu viel zumutest und dich mehr an deinem Geschmack orientierst als an ihrem, wird das ein Rohrkrepierer.«
»Wasndas?«

»Na, so nennt man das, wenn ein Sprenggeschoss schon im Kanonenrohr drinnen explodiert, also gar nicht erst fliegt.«
»Aha, du meinst kontraproduktiv.«
»Ja, genau. Wenn du sie überredest, etwas Verrücktes, viel zu Buntes zu kaufen, wird sie es nur einmal tragen und nie mehr etwas Cooles kaufen. Aber wenn du es schaffst, etwas zu finden, das zu ihr passt, wird sie dich lieben und dir nur noch gute Noten geben.«
Beim letzten Satz lacht meine Mutter, denn das glaubt sie ja selber nicht.

Ein wenig nervös macht mich meine Aufgabe schon. Immerhin haben wir finanziell wohl einigen Spielraum. Gerade standen ja die Lehrergehälter in der Zeitung. In Schwyz bekommt Frau Fischer zwischen 103 381 (Anfängergehalt) und 164 376 Franken im Jahr. Und eine Anfängerin ist die GM nun wirklich nicht mehr. Also werde ich mit ihr die Geschäfte besuchen, die auch meine Mutter mag.

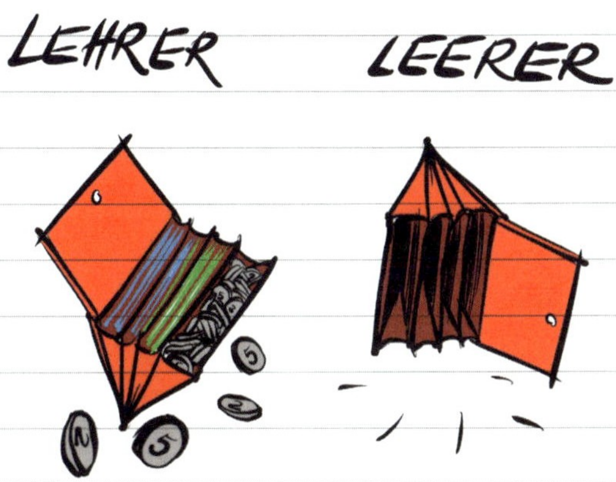

# 6

Mit Herzklopfen warte ich auf dem Bahnhof Schwyz am Gleis 3 auf die GM. Hier will ich jetzt aber schon auch mal sagen, dass der Bahnhof Schwyz in Seewen steht. Echt jetzt! Als wollten die Schwyzer jeden Fremden davon abhalten, jemals in ihr Dorf zu finden. Ich versteh das nicht: Vom Bahnhof Schwyz aus muss man nämlich mit dem Bus nach Schwyz fahren. Das ist aber Insiderwissen. Am Anfang hab ich das fast nicht geglaubt!
Und es gibt zwar vier Gleise, aber zwei davon sind eigentlich nur Show, wahrscheinlich Attrappen ;-)), um den Bahnhof etwas aufzupeppen. Eigentlich wird nur ein Perron benutzt. Ein einziges. Die anderen sind praktisch neuwertig. Wie Kleider, die man gekauft, in den Schrank gehängt und dann doch nie angezogen hat. Und jetzt sind sie aus der Mode. Schade.
Ein einziges abgewetztes Perron – das sagt wohl genug aus über die Bedeutung meines neuen Wohnortes, oder?

Ich schaue über die Geleise und entdecke beim Kiosk den »Regenmantelmann«. Er glotzt in meine Richtung.

Ich wende ihm den Rücken zu. Was will der bloss von mir? Langsam fühle ich mich verfolgt. Hoffentlich kreuzt bald die GM auf. Der Typ macht mir Angst. Ich drehe mich um, und er starrt mich noch immer an. Ich nehme meinen ganzen Mut zusammen und glotze frech zurück. Jetzt rückt er die Strickmütze zurecht, die seine Glatze wärmt – und verschwindet.
In Zürich ist es ja normal, dass die unmöglichsten, abgefahrensten, kaputtesten Typen unterwegs sind. Man wird angerempelt, angebettelt, schlimmstenfalls bespuckt, beklaut oder vollgelabert.
Aber hier im Heile-Welt-Gebiet?
Hier beunruhigt mich so ein einzelner komischer Kauz. Ich glaube, ich werde langsam ein Landei.

Ein eisig kalter Wind pfeift über das Perron, und ohne meine Moncler-Daunenjacke würde ich glatt erfrieren. Aber mir ist warm ums Herz. Ich freue mich auf die Einkaufstour. Sich privat mit einer Lehrerin zu treffen, das allein ist ja schon superschräg. Aber unter diesen Umständen?! Straf-Shopping. Das könnte also voll eine Flause von mir sein. Ist es aber nicht. Und ich habe – im Gegensatz zur GM – viel zu verlieren!
Ich blicke zur Treppe, die aus der Unterführung hochführt. Jeden Moment muss die GM auftauchen. Ich bin

gespannt wie eine Feinstrumpfhose aus Polyamid-Mischgewebe. Hihi.
Da, eine schwarze Wollmütze. Aber nein – halt! –, das ist ja der kranke Typ mit dem Mantel! Was soll ich tun? Flüchten? Wohin? Jetzt bleibt er einen Moment lang stehen. Und schaut mir direkt in die Augen.
Mir steht das Herz still. Ich schlucke leer. Denke eine Sekunde lang daran, über die Geleise abzuhauen.
Da taucht Gott sei Dank meine Lehrerin aus der Unterführung auf. Noch nie habe ich mich so gefreut, sie zu sehen. Noch nie!

Franziska Fischer ist privat erstaunlich locker drauf. Man würde nicht denken, dass sie im Klassenzimmer so eine graumäusige Graumaus ist. Sie wirkt total entspannt, fast möchte man sagen glücklich. Ihre Augen leuchten, und um ihre Mundwinkel tanzt immer wieder ein sympathisches Lächeln. Ja, sympathisch, das muss ich zugeben. Sie erzählt von ihrem letzten Einkauf im Mythen-Center in Schwyz. Für Kleider habe die Zeit nicht gereicht, weil sie sich nicht entscheiden konnte. Dafür sei sie in letzter Sekunde noch schnell in der Buchhandlung vorbeigegangen und habe »Das Tagebuch von Edward dem Hamster« gekauft. Als sie meinen verwunderten Blick sieht, fängt sie an, die Geschichte zu erzählen. Der Tierarzt

DAS TAGEBUCH VON
EDWARD DEM HAMSTER
1990 – 1990

habe behauptet, der Hamster sei ein Weibchen, und Edward habe dann aber selber nachgeschaut und herausgefunden, dass er doch keine Frau sei.
Sehr witzig!
Ich glaube, sie spinnt eben doch, die GM.
Ich müsse dieses Buch unbedingt lesen, es sei monatelang auf der Bestsellerliste des »Spiegels« gewesen und sei wirklich witzig und absurd und traurig und vor allem sehr schön.
Ich verspreche ihr, das Büchlein zu kaufen.
»Du wirst es nicht bereuen, es ist richtig super!«
Super?
Hat sie grad eben »super« gesagt? Oder habe ich mich verhört?
Nach einer Schrecksekunde müssen wir beide lachen.
Die Zugfahrt nach Zürich ist sehr unterhaltsam. Auch das Shoppen wird zur erstaunlich vergnüglichen Angelegenheit. Zeitweise vergesse ich fast, dass sie meine Lehrerin ist, wenn ich für sie Kleidungsstücke heraussuche und sie ihr in die Garderobe reiche. Dank den zahlreichen Boutiquenausflügen mit meiner Mutter kenne ich die angesagten Läden in Zürich sehr gut. Und einige der Verkäuferinnen und Verkäufer erinnern sich an mich, was Frau Fischer im ersten Moment ziemlich überrascht. Sie ist voll ein Landei und kennt sich in der Grossstadt nicht aus. Schliesslich landen wir bei Scotch & Soda.

Nein, natürlich nicht im Glas, sondern an der Rämistrasse beim Bellevue. Supertrendy, supercool. Nicht grad billig – aber auch nicht so verrückt teuer wie die Luxusboutiquen an der Bahnhofstrasse oder in der Storchengasse.

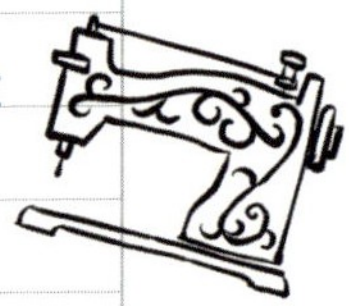

Frau Fischer hat, und das muss ich noch einmal betonen, eine tolle Figur! Das macht die Styling-Aufgabe zu einem Freispiel. Theoretisch. Aber ein wenig Überredungskunst braucht es schon, die GM aus der grauen Ecke herauszuholen.
»Du hast wirklich Geschmack, Sara«, lobt mich Frau Fischer immer wieder, wenn sie aus der Umkleidekabine kommt.
Mal trägt sie einen blauen Blazer über einer weissen Bluse und enge Jeans, die knapp über dem Fussgelenk enden, damit die schönen roten Pumps auch gut zur Geltung kommen. Mal ist es ein schlichtes sandfarbenes Kleid mit einem leuchtend roten Seidenschal (der auch super zum Blazer passen würde). Mal ein asymmetrischer Cardigan im Poncho-Schnitt über einem stahlblauen Top. Capes und Ponchos sind diesen Herbst

Normalschnitt Nr. M 1390, Grösse I, II und III, Fig. 16 und 16a.
**Einfacher Strassenmantel.**
Schnitt (Gr. II): Vorderseite des Schnittmusterbogens 2, Nr. III, Fig. 12–17.

ja total hip. Egal, ob in Bordeauxrot, Senfgelb oder Türkis.
Frau Fischer kann tatsächlich alles tragen – ausser diesem graumäusigen Grau. Wobei die Ausnahme die Regel bestätigt: Der lässige, weite Kaschmirpulli mit dem kuscheligen Schalkragen, der steht ihr auch in graumäusigem Natursteingrau sehr super. Jetzt sieht sie fast aus wie ein Topmodel. »Sara's next topmodel«. Hihi.

Von jedem Outfit mache ich mit meinem Handy Fotos. Klick. Klick.
Uuunglaublich, diese Verwandlung!
Ich stelle fest: Es ist gar nicht die Farbe, die das Problem ist, es sind die langweiligen, graumäusigen Schnitte, die sie bislang trug. Und die Frisur.
»Hat sich gelohnt, die Haare hochzustecken, gell?«, freut sie sich, als sie ihre Fotos auf meinem Handy bestaunt.
»Ja – aber anfangs waren Sie ja sehr dagegen«, lache ich.
»Ja, bis jetzt band ich sie ab und zu einfach hinten zusammen. Aber so gefällt es mir auch besser.«
Stimmt. Frau Fischer ist ein neuer Mensch.

Wow, wenn ich jetzt noch meine Schminkutensilien zücken dürfte – nicht auszumalen. Aber da würde sie dann wohl nicht mehr mitmachen. Schade eigentlich.

Was muss das für eine einsame Frau sein, wenn sie anscheinend niemanden hat, der sie berät und mit ihr shoppen geht!? Kein Wunder, kam sie bis heute immer so trist wie eine graumäusige Platzregenwolke daher, die auf der Rückseite einer langsam durchziehenden Kaltfront auf den Moment zum Abregnen wartet. Die Wetterfrösche am Radio kündigen solch ein Ereignis dann meistens mit der Prognose »heiter bis wolkig, mit möglichen lokalen Schauern« an. Die Kurzform wäre »Frau Fischer kommt«. Nein, nicht wäre, war. Das, was wahr war, das war.
In Zukunft wird sie wie eine Schönwetterwolke durchs Leben schweben.

Apropos schweben, wusstest du eigentlich, dass Wolken, obwohl sie schweben, enorm schwer sind? Das habe ich neulich in einer Zeitschrift gelesen. In einem Beitrag zum Thema »schicke Regenmäntel« (Titel: »Regen macht schön – schön im Regen«).
Also: Gewitterwolken sind schwerer als flauschige Schönwetterwolken. So eine Cumulus-Wolke soll ein Gramm Wasser pro Kubikmeter enthalten; stand da jedenfalls so. Und wenn die Wolke einen Kilometer lang und breit und hoch ist, dann seien das schon mal eine Milliarde Kubikmeter und somit tausend Tonnen. Krass! Tausend Tonnen, also zweihundert grosse Elefanten.

Das muss man sich erst mal vorstellen: zweihundert Elefanten bei schönstem Wetter über uns! Und Gewitterwolken können bis zu elf Kilometer hoch und breit sein. Das wären ja dann also schon über zweitausend Elefanten pro Wolke. Stell dir mal vor, so ein Dickhäuter fällt auf die Erde runter. Platsch!

Aber zurück zum »schulfreien« Nachmittag: Frau Fischer verwandelt sich mit meiner Hilfe (und ihrem Portemonnaie) in eine Schönwetterwolke, fast schon in einen Sonnenschein – weil sie nämlich richtig super aussieht, wenn sie lächelt. Ich freue mich schon auf die nächste Ausgabe unserer Schülerzeitung. Frau Fischer wird dem Vergleich mit dem »Tamara«-Foto nicht nur standhalten können, sie wird als klare Siegerin gefeiert werden. Wetten, dass ...? Hihi.
Der Einkaufsnachmittag ist schnell vorbei, und wir trinken zum Abschluss eine Tasse Tee. Eigenartig: Ich muss mir immer wieder in Erinnerung rufen, dass das die gleiche Frau Fischer ist, die mich in der Schule immer so nervt. Privat ist sie nett. Richtig nett. Wie gesagt: eine geradezu sympathische Frau. Das ist wirklich eine Überraschung.

Als Franziska Fischer am nächsten Tag das Klassenzimmer betritt, applaudieren meine Schulkameraden laut.

Sie wussten natürlich alle von unserer Einkaufstour. Ich bin superstolz. Nein, das ist untertrieben: Ich platze fast vor Stolz. In Sachen Mode beraten, stylen, einkaufen – da liegt mein Talent! Ich weiss das ja schon lange, aber jetzt muss es auch für alle hier in der Schule glasklar geworden sein. Ich freue mich wie der Osterhase vor dem Weihnachtsbaum. Ich könnte mich kugeln. Und Frau Fischer lächelt. Sie sieht super aus. Echt super. Ach so, das ist ja dieses verbotene Wort. Gut, dann sieht sie eben rattenscharf aus. Auch ihre Haltung hat sich verändert: Sie steht aufrechter da, geht beschwingter, lacht fröhlich. Und sie hat sich sogar die Lippen in Altrosa nachgezogen. Es geschehen noch Wunder!

Keine Wunder geschehen aber im Unterricht. Leider hat Frau Fischers neues Aussehen nicht den allergeringsten, allerkleinsten, allerwinzigsten Einfluss auf ihren Umgang mit mir in der Schule. Im Gegenteil. Sie hackt schon wieder auf mir herum.

»Sara, warum lese ich in deinem letzten Text schon wieder zweimal das Unwort ›super‹?«, fragt sie bissig und vor der ganzen Klasse. »Das ist ab sofort verboten. Nicht nur für dich. Ich will den Ausdruck in dieser Klasse weder lesen noch hören. Das ist Gesetz. Das Wort gilt ab sofort als Fehler und wird auch so benotet. Das ist Sprachfolter, dieses ewige super.«

Sprachfolter?
Wörterterror!
Voll das grosse Drama! Die soll doch mal wieder runterkommen!
Will sie jetzt vor meinen Mitschülern demonstrieren, dass unsere Beziehung sich durch den gemeinsamen Einkauf nicht verändert hat?
Was soll das?
Und was soll *das*?! Jetzt muss ich auch noch nach vorn ans Smartboard, unsere elektronische Wandtafel.
Höchststrafe! Ich werde einmal mehr gedisst.
»Liebe Sara, wir wollen dir jetzt alle gemeinsam helfen«, sagt die ehemalige GM. »Wir suchen Synonyme für super. Du schreibst!«
Peinlich.
Meine Schrift sieht so beschissen aus an der grossen Tafel. Ich stehe höchst ungern da vorn. Warum tut sie mir das an? Meine Schulkameraden, die Streber, haben tausend Einfälle, wie man »super« vermeiden kann.
Na super.

Abgelehnt, weil das hier kein Mensch sage.
erstklassig
ausgezeichnet
brillant
Findet Frau Fischer eher schlecht.
göttlich
awesome
bombig
rattenscharf
Der Vorschlag kommt von Tim Tabak; er findet ihn super, aber Frau Fischer hält nichts von der indisch Bezeichnung für Marihuana.
Hat Frau Fischer abgelehnt.
superb
einmalig
wunderbar
ganja
Nix für Frau Fischer, beinhaltet gewissermassen fünf Sechstel super.
Die GM legt ihr Veto ein. Wegen der Affen.
affeng
endsgeil
schön
mega
Abgelehnt.
fabelhaft
Auch oh Affen abgeleh
great
Abgelehnt, weil englisch.
samsibar
Gääääähn!
nett
Abgelehnt, weil amerikanisch.
groovy
heiss
klasse
beeindruckend
genial
Seltsam, das die Fischer hier nichts auszusetzen hat, aber ich frage sie bestimmt nicht nach dem Warum.
pfundig
outstanding
Ist Frau Fischer zu bayerisch.
grandios
gögi
grossartig
leiwand
Frau Fischer will keine österreichischen Ausdrücke. Versteh ich irgendwie. Oder hättest du das Wort gekannt, besser gesagt ohne Übersetzung verstanden?

efällt
Fischer
nicht.
Versteht Frau Fischer voll fett nicht.
krass
fantastisch
vorzüglich
famos
fett
semilla
toll
adellos
exzellent
nfuckingfassbar
vortrefflich
Vergleiche ganja.
Auch dieser Vorschlag kommt von Tim. Wird von Frau Fischer aber abgelehnt. Sie hat wohl noch nie »The Voice of Germany« geschaut. Sie ist anscheinend nicht bereit, ihren Wortschatz zu vergrössern, erwartet es aber von uns!!!
Frau Fischer versteht Bahnhof.
yper
Abgelehnt.
Abgelehnt.
giga
repus
voll repus
fucking geil
Abgelehnt, weil nordamerikanisch.
amacing
spitze
spitzenmässig
sensationell
Abgelehnt, dabei ist es doch eine nette neue Wortkonstruktion – von mir, hihi.
Gut, das war jetzt reine Provokation von mir.
n Ausspruch von Bruce Darnell.
Abgelehnt, schon klar.
s Zäni
Abgelehnt, weil schweizerdeutsch.
wundereinmaligbar
kolossal
himbeer
googl
Weil Himbeeren doch super sind, was Frau Fischer zwar auch findet, aber trotzdem als Synonym für super ausschliesst.

Was?! Googol? Ja, googol. Googol ist schon sehr super, das muss man hier mal sagen. Der Superlativ wurde 1938 vom amerikanischen Mathematiker Edward Kasner entdeckt. Das heisst, genau genommen war es sein neunjähriger Neffe, der für ihn ein Wort für die Zahl $10^{100}$ erfinden sollte. Mindestens behauptet das Dschei-Dschei, unser Mathelehrer. Und der hats sicher von Wikipedia. Auf jeden Fall erfand ein Kind die Bezeichnung Googol für eine Eins mit hundert Nullen. Falls ihr mal Bankdirektorin oder Mathematikprofessor werden wollt: Man könnte diese enorme Zahl auch »zehn Sexdezilliarden« nennen. Und so sieht sie aus:

10 000 000 000
000 000 000 000
000 000 000 000
000 000 000 000
000 000 000 000
000 000 000 000
000 000 000 000
000 000 000 000
000 0GOOgle

Von Googol leitet die Firma Google ihren Namen ab, aber das hast du ja bestimmt schon längst gecheckt. Und im Film »Zurück in die Zukunft III« schätzt Dr. Emmett Brown die Chance, seine Frau zu treffen, 1 zu Googolplex.

Du triffst ihn in der Zukunft (S. 120)

Als Googolplex wird die Zahl $10^{\text{Googol}} = 10^{(10^{100})}$ bezeichnet. Im Vergleich zu einem Googolplex ist ein Googol also lächerlich klein. Hast du schon Kopfschmerzen von all den Nullen?

Nicht? Gut, dann halt dich jetzt fest, es kommt noch viel dicker:

Googolplexplex ($10^{\text{Googolplex}}$)

Googolplexplexplex ($10^{\text{Googolplexplex}}$)

Googolplexplexplexplex ($10^{\text{Googolplexplexplex}}$)

Und so weiter. Unser Mathe-Janser meinte dann auch noch, dass die gesamte Speicherkapazität aller Computer der Erde nicht ausreichen würde, um eine einzige Zahl im Googolplex-Bereich abzuspeichern. Super Info.

Googol fände ich jetzt zum Beispiel eine super Alternative zu super – die anderen Vorschläge dünken mich im Vergleich dazu eher ziemlich langweilig. Teilweise sind es selten blöde oder gesucht witzige Wörter, die nie im Leben als Ersatz herhalten können. Aber ich schreibe sie brav mit dem Stift an die elektronische Tafel. Was bleibt mir schon anderes übrig? Als Schülerin

hat man immer die Arschkarte* gezogen. Da gibt es nur eines: Augen zu und durch! Oder wie das mal eine Schweizer Sportlerin ausgedrückt hat, ich glaube, sie hiess ~~Andrea Eeiermann~~ Anita Weyermann: »Gring ache u seckle!«
Zu meiner persönlichen Beruhigung sage ich mir: Ich verbringe hier im Kollegi nur ein paar Jahre, Frau Fischer dagegen muss bleiben. Lebenslänglich! Das ist ein hartes Los. Da muss man ein gewisses Verständnis aufbringen, wenn sie schlechte Laune hat. Oder zumindest müsste man es. Mir fällt es schwer. Sie hätte ja auch Zahnärztin oder Zirkusclown oder Model werden können. Steht jedem frei. Augen auf bei der Berufswahl!

Endlich darf ich wieder an meinen Platz. Wir bilden dann noch Sätze mit den neuen Wörtern, aber ich sage dazu nur noch das: So viele Ausdrücke, wo man doch einfach nur das Universalwort »super« verwenden könnte! Man müsste das den Fremdsprachigen als Geheimtipp geben: Im Notfall, wenn etwas positiv ist, sag »super«, das passt immer. Man kann es auch leicht spöttisch verwenden, wenn man etwas nicht gut findet: »Na super!«

* Wenn du weisst, warum die Arschkarte Arschkarte heisst, dann mail mir doch die Antwort an sara@schuleistdoof.ch. Alle Einsendungen nehmen an der Verlosung um einen superfetten Preis teil. Auf schuleistdoof.ch findest du alle Informationen zum Arschkartenwettbewerb.

Oder mit verdrehten Augen, wenn man etwas voll scheisse findet: »Ja su-per!«
Da muss ein Grieche oder ein Türke doch nicht zwanzig neue Wörter büffeln. In dieser Zeit kann er gut eine Runde Pingpong spielen gehen. Oder gamen. Ausser er bekommt es mit Frau Fischer zu tun.

# 7

Im Modemagazin »Tamara« verschlinge ich den Artikel über Sofia Mechetner aus Holon bei Tel Aviv. Als sie vierzehn war, traf sie in einer Boutique beim »Lädäle« zufällig auf Diors Chefdesigner Raf Simons. Eine Woche später eröffnete sie als Model die Haute-Couture-Show von Dior in Paris. Und brachte einen Vertrag mit einer Gage von 240 000 Euro mit nach Hause.

Als Vierzehnjährige!

Hammer!

Neid!

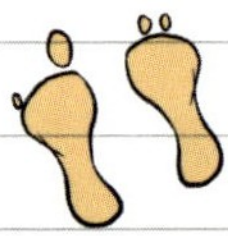

Das ist nicht vortrefflich oder ausgezeichnet, das ist einfach nur super!

Es gibt keine Zufälle.

Auf Claudia Schiffer wurde man in einer Disco aufmerksam, auf Cindy Crawford, als sie beim Arbeiten auf dem Feld war, auf Toni Garrn bei einem Fussballfest und auf Gisele Bündchen bei »McDonald's«.

Was lernt man daraus?

Genau: Ab zu »McDonald's«, in die Boutiquen und Discos oder aufs Feld! Oder auf den Fussballplatz. Dort wird man entdeckt. So etwas passiert! Nur mir nicht.

Ja, wer sollte mich denn bitte hier auf der Strasse entdecken? In Schwyz könnte man ja höchstens mal Heidy Achermann von der Boutique Chic treffen. Oder Gabriela Gwerder von der Gwandelbar. Wieso sollte sich aber ein grosser Designer oder ein internationaler Model-Scout hierherverirren? Doch egal: Meine Eltern würden mir sowieso niemals erlauben, die Schule zu schmeissen. Erst recht nicht, wenn ich die Karriereleiter gegen den Laufsteg eintauschen möchte.

Aber wir waren ja bei Sofia Mechetner. Ihre Mutter war Näherin und Putzfrau. Sofia musste ihre Geschwister hüten, kochen, haushalten, und sie schlief auf einer Matratze auf dem Fussboden. Eine richtige Aschenputtelgeschichte. Weit und breit war da kein Vater in Sicht. Schon gar kein Zahnarzt. Da ist man natürlich schon eher bereit, die Tochter auf den Laufsteg zu schicken. Keiner hatte die Idee, das Mädchen müsse Zahnmedizin studieren. Keiner.
Gestern habe ich auf einer Berufsberatungsseite gegoogelt, was denn so auf mich zukäme, falls ich mich auf dieses Studium einlassen würde.

*Das naturwissenschaftlich-medizinische Grundlagenstudium absolvieren die Studierenden der Zahnmedizin und der Humanmedizin gemeinsam. Ab dem dritten Studien-*

*jahr beginnt die zahnärztlich-klinische Fachausbildung. Dazu gehören etwa präventive Zahnmedizin, konservierende Zahnheilkunde, Prothetik, Kieferorthopädie, Parodontologie, Oralchirurgie, Pharmakologie und Materialkunde. Zudem werden im dritten Jahr die praktischen Fähigkeiten am sogenannten Phantom geübt. Mit fortschreitendem Studium werden Theorie und Praxis in der Behandlung und im Umgang mit Patientinnen und Patienten verknüpft.*

Ich verstehe zwar einiges – aber ganz ehrlich: So Wörter wie Parodontologie und Oralchirurgie, die sind doch superunsexy. Das ist für mich Sprachfolter *und* Wörterterror! Da studiere ich ja noch lieber Afrikanistik, Sinologie oder von mir aus Indologie, davon habe ich auch keine Ahnung, weiss nicht einmal, was das ist und wozu und wieso das einer studieren sollte. Aber bestimmt wäre ich positiv überrascht.
Du willst wissen, warum ich Zahnmedizin gegoogelt habe? Ja sicher nicht freiwillig! Hallo?! Nein, wir haben wieder mal eine saublöde Hausaufgabe gefasst. Frau Fischer möchte, dass wir in einem kleinen Aufsatz darüber schreiben, warum wir überhaupt das Gymnasium besuchen. Sie wolle in unseren Zeilen unsere Motivation spüren, meinte sie. Ha, was soll ich denn jetzt schreiben? Dass ich lediglich hier bin, weil ich das, was

ich werden möchte, wohl nicht werden kann, weil ich es »gopferteli« nicht werden darf und ansonsten keinen Plan habe, mir aber alle Möglichkeiten offen lassen will? Nein, ich glaube, Ehrlichkeit wird, gerade in der Schule, oft überbewertet. Die Wahrheit würde Frau Fischer nicht gefallen. Da erzähle ich ihr lieber eine rührende Zahnarztgeschichte. Sie ist ja zumindest möglich und somit nicht ganz und gar falsch.
Ich schreibe also, dass mich mein Vater mit seiner Liebe zur Zahnmedizin angesteckt habe. Ich erzähle, dass wir daheim ständig über Zähne reden. Dass mein Vater Tränen in den Augen hatte, als ich das erste Mal auf zähn zählen konnte. Ich erkläre, dass ich später einmal die Praxis meines Vaters übernehmen werde. Ich beschreibe, wie wichtig schöne, gepflegte Zehen für den ersten Eindruck sind und warum ich sie als eine Art Visitenkarte sehe. Was nützt schliesslich das schönste Lächeln, wenn dann hässliche, ungepflegte Zehen zum Vorschein kommen. Der Text fliesst nur so in die Tasten, und alle werden damit glücklich sein – ausser mir. Ich vermeide das Wort super, obwohl es da und dort echt super passen würde.
Und ganz zum Schluss ändere ich noch »zähn« in »zehn« und »Zehen« in »Zähne«. Aber ungern.
So ist alles, was auch nur ein bisschen witzig wäre, wieder draussen.

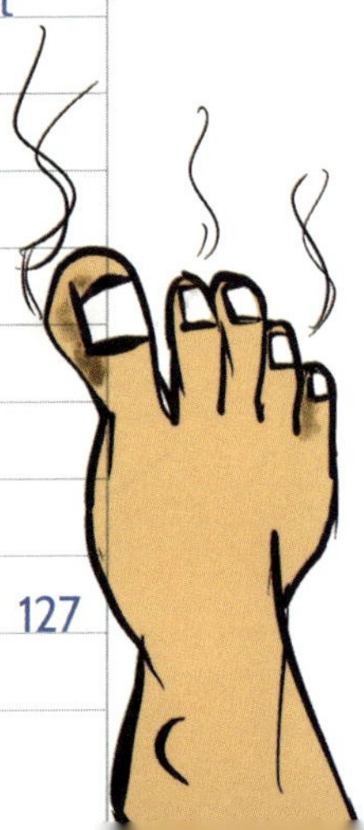

Gähn.
Aber Frau Fischer möchte ja nichts Witziges, sie möchte etwas Persönliches.
Das ist einer der Gründe, weshalb ich ihren Unterricht nicht mag: Sie verlangt zu viel Persönliches von uns. Privates. Was geht es die Deutschtante an, welche Pläne ich für meine Zukunft habe? Und wenn ich gar keine hätte? Wäre ich dann eine schlechtere Schülerin? Wie würde mein Aufsatz wohl bewertet, wenn ich einfach schreiben würde, dass ich wegen meiner Eltern hier bin und eigentlich lieber Model werden möchte, und das möglichst schnell?

Dazu fällt mir die Geschichte der Schriftstellerin Kuki Gallmann ein, die ich im Fernsehen gesehen habe. Sie hat viele Bücher über Afrika geschrieben, auch Bestseller, die in 21 Sprachen übersetzt und zum Teil auch verfilmt wurden. Frau Gallmann war in Italien aufgewachsen und erzählte von einem Schulaufsatz in der Primarschule, den sie nie vergessen konnte. Der Lehrer gab den Schülern die Aufgabe, zu beschreiben, wo und wie sie in fünfzehn Jahren leben würden. Und Kuki schrieb, sie werde in Afrika leben. Sie bekam eine schlechte Note mit dem Vermerk: Unrealistisch!
Dabei lebte sie fünfzehn Jahre später tatsächlich in Kenia. 1973 wanderte sie nämlich zusammen mit ihrem

Mann und ihrem Sohn aus und nahm später sogar die kenianische Staatsbürgerschaft an. Die Familie kaufte sich eine Farm. Sieben Jahre später starb Kukis Mann bei einem Autounfall und drei Jahre später ihr Sohn nach einem Schlangenbiss. Grauenvoll, da kommen mir grad die Tränen. Seit Mitte der Achtzigerjahre setzte sich die Frau dann für den Schutz der Umwelt und der Tiere Kenias ein. Stark! Diese Person beeindruckt mich wahnsinnig – und ich finde sie schlicht super.

Kuki Gallmann hat damals für die Wahrheit ja eine schlechte Note bekommen, und ich schreibe jetzt also besser, dass ich Zahnärztin werden will. Wahrscheinlich oder hoffentlich werde ich eine gute Note dafür bekommen, aber in zehn Jahren mit an Sicherheit grenzender Wahrscheinlichkeit etwas völlig anderes machen. Zum Beispiel werde ich vielleicht Skilehrerin auf dem Stoos sein. (Von wegen: Kürzlich sah ich ein cooles Inserat in der Zeitung. Da wurde auf dem

Hochstuckli ein »Beschneier« gesucht. Kein Witz! Da bist du dann sozusagen Frau Holle von Beruf. Spannend.) Oder ich werde Reiseleiterin in Timbuktu – oder eben doch Model!

Aber nein, ich lüge schamlos (weil ich ja muss) und behaupte, ich werde – Zahnärztin ...

Das ist eben Schule! Hier lernt man etwas fürs Leben … und wenn es nur Lügen ist.
Super!

Auf dem Pausenplatz geben die Texte, die wir geschrieben haben, viel zu reden. Ich bin bei weitem nicht allein mit meinen ungewöhnlichen Zukunftsvisionen. Johnny Depp träumt ja auch flausig vor sich hin. Tim Tabak und Georg Gepard sind noch viel flausiger.
»Ich werde sicher nicht studieren«, erklärt Tim. »Ich werde mit meiner Gitarre um die Welt reisen, erst Strassenmusik machen und meinen Horizont erweitern. Und danach werde ich das eine oder andere grosse Popkonzert geben, und falls Axl Rose bei AC/DC ausfällt, dort als sein Nachfolger einsteigen.«
Na, ob dafür seine musikalischen Künste ausreichen werden? Am Ende landet er dann doch als Beschneier auf einem Berg, wo er den ganzen Tag an der frischen Luft draussen kiffen kann. Wie auch immer: Zurzeit ist Tim eh noch voll unter der Fuchtel seiner Mutter.
»Sie sagt, ich darf erst machen, was ich will, wenn ich die Matura im Sack habe«, erzählt er. »Sie ist absolut gnadenlos. Und mein Vater ist im Moment ja ausser Gefecht.«
Wir wissen natürlich alle, dass sein Vater noch einen ziemlich langen »Moment« nicht »im Gefecht« sein

wird, da er bekanntlich, nachdem er zusammen mit einem seiner Kumpel Johnny Depps Mutter entführt und Lösegeld erpresst hatte, dort ist, wo man jetzt nicht unbedingt sein möchte, wenn das Wetter schön ist: hinter schwedischen Gardinen. Als ich beim Coiffeur sass, habe ich aufgeschnappt, weshalb man das Gefängnis so nennt. Also ich war natürlich bei meiner Coiffeuse und nicht beim Coiffeur, und da hat eine Kundin erzählt, dass in Schweden schon immer hochwertiges Eisen und besonders harter Stahl produziert wurde – und der wird gern für die Vergitterung von Gefängnisfenstern eingesetzt.

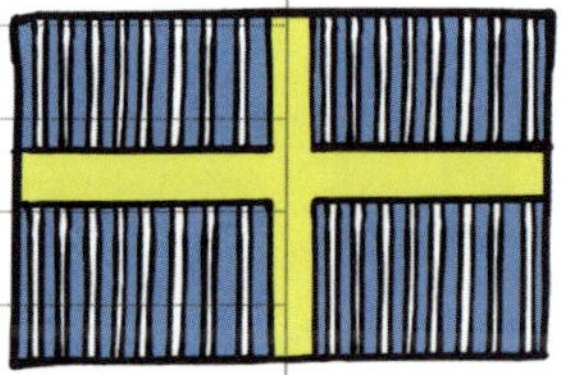

Lustig, wie die Wörter entstehen. Nur *ich* darf keine erfinden.

Johnny Depp sieht sich weniger mit Axl Rose auf der Bühne. Er könnte sich eher ein Studium in Richtung Musik- oder Kulturmanagement vorstellen. Und Georg Gepard denkt, eine Sporthochschule wäre kein schlechter Weg, idealerweise kombiniert mit Sportmanagement. Ja, ja, die Fischerin hat es fertiggebracht, dass wir über unsere Zukunft nachdenken und reden.
»Ich werde mal Zahnärztin«, sage ich in der grossen Pause und schaue betont cool in die verblüfften Gesichter meiner Mitschüler.

»Zahnärztin?«, echot Johnny, als wäre er sein eigenes Hallgerät.
»Yep, Zahnärztin«, wiederhole ich und präsentiere lächelnd meine makellosen Beisserchen. Und dann fauche ich wie eine Raubkatze und mache mit meinen Klauen wilde Gesten, als ob ich mir den armen Johnny krallen wollte.
»Grrr!«
»Hiiilfeee, Sara Säbelzahn«, schreit Johnny in gespielter Todesangst. Alle lachen. Aber das Ablenkungsmanöver wirkt nur kurz. Es wird still. Alle schauen mich mit grossen Augen ungläubig an. Keiner kann sich Sara Super im weissen Kittel, mit weissen Hosen und weissen Schuhen in einer weissen Praxis mit weissen Möbeln vorstellen.
»Also ich weiss nicht recht«, werweisst Georg Gepard. Ich schon. Aber das erzähle ich nicht.

# 8

Es dauert nur ein paar Tage, bis Frau Fischer einen weiteren Angriff auf unser Privatleben startet. Wir lesen Kurzporträts von Schriftstellern und Schauspielern, von wichtigen Politikern und längst verstorbenen Komponisten. Das ist ja eigentlich ganz interessant. Aber dann müssen wir als Hausaufgabe selber ein Kurzporträt schreiben. Ich tippe einen total super-losen Text über Cara Delevingne. Das macht sogar Spass. Ich google mir alle nötigen Infos zusammen. Das ist nicht so schwierig, eher spannend. Ich erfahre zum Beispiel, dass Cara entdeckt wurde, weil sie schon als Kind mit der Tochter einer Model-Agentin befreundet war. Cool.

Also auch Augen auf bei der Wahl deiner Freundinnen! (Nicht nur bei der deines Berufes oder deiner Eltern.) Hihi.

Aber dann holt Frau Fischer in ihren neuen Klamotten zum grossen Schlag aus. Wir müssen unsere Namen auf Karteikärtchen schreiben und diese in eine Schuhschachtel aus dem Mythen-Center (Tschümperlin Schuhe) schmeissen. Dann – juhui, hier kommt die

Glücksfee – rührt sie mit ernster Miene wie eine feisse kubanische Nonna bei der Zubereitung von Ropa vieja (was so viel heisst wie »alte Klamotten«) im Kochtopf mit Suppenfleisch, Zwiebeln, Peperoni und Tomaten, beziehungsweise in der Schuhschachtel, herum und zieht vor unseren Augen Kärtchen und bildet feierlich Pärchen.

Die Fee erklärt ihre einmalige Idee: »Die beiden ausgelosten Schüler werden sich besser kennen lernen und sich gegenseitig porträtieren. Besucht einander, befragt euch ausführlich. Ich will das beim Lesen spüren und nicht nur Oberflächliches erfahren. Ihr habt für die Aufgabe zwei Wochen Zeit, und sie wird doppelt benotet, also gebt euch gefälligst Mühe. Dieses Projekt ist nicht nur spannend, es wir auch den Klassenzusammenhalt stärken. Achtung, fertig, los!«

Super!

Auch wenn mich die Auslosung nervt: Sie gibt viel zu lachen und ist auch irgendwie spannend.

Und dann fällt mein Name. Ich halte den Atem an. Ich drücke mir die Daumen und kaue nervös auf meiner Unterlippe herum.

Dann die Verkündung.

Neiiiin!

Das kann nicht sein!

Bitte nicht.

Ich schlage die Hände vors Gesicht, weil mir die Tränen in die Augen schiessen. Vor lauter Enttäuschung.
Und Entrüstung.
Und Empörung.
Meine zugeloste Partnerin heisst Heidi Happy.
Eigentlich Heidi Heinzer!
Kurz Heidi!
Super! Hammer.

Soll ich etwas verraten: Ich habe mit ihr noch nie einen persönlichen Satz gewechselt. Heidi ist ein kleines, verschupftes Mädchen, ein Bauernkind mit Zöpfen, wie aus dem Heidi-Film mit Bruno Ganz. Sie ist still und scheu und fleissig. Unauffällig. Langweilig. Eine Schnarchtüte, wie sie im Buche steht. Gäääähn.
»Deine Welt sind die Be-her-geee … holladio …«
Nein, sie hat rein gar nichts mit der Schweizer Sängerin und Musikerin Heidi Happy zu tun. Leider. Das wäre ja cool, denn die mag ich. Die heisst in Wirklichkeit Zemp, und Happy ist ihr Künstlername (schau mal: www.heidihappy.ch).
Die mir zugeloste Heidi ist eher unmusikalisch, einfach so eine Heile-Welt-Heidi, mit einem Lächeln, als gucke sie aus einem Werbespot für Schweiz Tourismus. Du weisst schon, was ich meine: dieses nervige »Milch-Sackmesser-Zahnpasta-Käse-Schoggi-Matterhorn-glückliche Kuh«-Smilen. Daher ihr Spitzname.

AEBI

Heidi Happy.
Hilfe!
Warum ausgerechnet ich?
Also ich mit Heidi?
Wir haben einander doch überhaupt rein gar nichts zu sagen. Ich schicke Frau Fischer meinen bösesten Blick. Sie hat doch bestimmt getrickst und mir mit Absicht die Bäuerin zugeteilt. Da bin ich mir fast sicher.
Heidi!
Ich raffe es nicht.

Da hätte ich mich noch lieber mit Izmir getroffen, von dem ich auch nichts weiss, ausser dass er Türke ist und kein Schweinefleisch isst. Wir hätten uns bestens verstanden, denn ich mag das auch nicht. Und bestimmt wäre unser Interview superspannend geworden. Zwei Kulturen, zwei Welten, zwei Schicksale. Dann die ganze politische Dimension und so; die Kurden, die Flüchtlinge und Erdoğan. Brisant. Oder ich hätte mir mit Lukas seine Schlangen angeschaut, widerwillig zwar, aber doch nicht uninteressiert. Selbst Rita wäre eine Alternative gewesen. Sie reitet immerhin leidenschaftlich. Aber was soll ich bei den Kühen? Wetten, dass Heidi in der Freizeit Socken strickt und im Sommer die Schafe auf der Alp zählt?
Einundzwanzig, zweiundzwanzig, bläääk!

Frau Fischer beobachtet mich scharf, und drum knipse ich ein künstliches, freundliches Lächeln in mein Gesicht und winke Heidi zu. Sie guckt allerdings auch etwas skeptisch aus der Wäsche. Wahrscheinlich ist sie genauso begeistert wie ich. Sie ist auch nur ein Opfer. Ein Opfer der inzwischen buntmäusigen, aber immer noch graulaunigen Spracherzieherin mit ihren total vorgestrigen Ideen. Das ist es, was ich am Deutschunterricht hasse. Darum mag ich Mathe, Algebra oder Geometrie. Da greift keiner in mein Privatleben ein. Da gibt es ein klares Richtig oder Falsch. Lieber einen Haufen Googolplex als einen einzigen Komplexhaufen – ist doch wahr!

Tim Tabak grinst über alle vier Backen.
Er hat als Partner Johnny Depp gezogen. Ein Heimspiel also, die stecken ja eh schon dauernd zusammen.
Gemein!
Und Georg winkt einem Mädchen zu, das verlegen den Blick abwendet. Sieh an, sieh an. Ich hatte schon immer den Verdacht, er würde sich für Tabea interessieren.
Und jetzt spielt ausgerechnet Frau Fischer Schicksal?
Herzig.
Allerliebst.
Alleralllerliebst.
Grrr.

»Ihr habt jetzt den Rest der Stunde Zeit, einen Fragenkatalog zusammenzustellen. Damit bereitet ihr euch dann auf das gemeinsame Gespräch vor. Denkt euch ungewöhnliche Fragen aus, damit das Porträt spannend wird«, verkündet Frau Fischer nun. »Und gell, Lieblingsessen und -farbe interessieren mich im Fall gar nicht!«

Ich erfinde also Fragen:

Hier ankreuzen

*Hast du eine eigene Kuh?* ☐
*Machst du deinen Käse selber?* ☐
*Musst du vor dem Frühstück melken gehen?* ☐
*Warum gehst du aufs Gymnasium?* ☐
*Was machst du in deiner Freizeit?* ☐
*Hast du überhaupt, oder musst du immer arbeiten?* ☐
*Hast du einen Freund? (Wenn ja, ist er Bauer?)* ☐
*Spielst du ein Instrument? (Wenn ja, Alphorn?)* ☐
*Kennst du ein Topmodel?* ☐
*Wo gehst du shoppen?* ☐
*Was ist deine Lieblingsfarbe?* ← Extra, auch wenn es Frau Fischer nicht interessiert … ☐
*Und apropos Kuh: Kennst du Jimmy Choo?* ☐

Und weil Heidi ihn bestimmt nicht kennt, schreibe ich gleich dazu, was ich über ihn weiss. *Jimmy Chow ist einer der berühmtesten und teuersten Schuhmacher. Als er in Malaysia zur Welt kam, kritzelte die Krankenschwester seinen Nachnamen so unleserlich auf die Geburtsurkunde, dass er von den Behörden fälschlicherweise als Jimmy*

*Choo registriert wurde. Vor ein paar Jahren gabs mal ein spezielles (preisgünstiges) Modell seiner Schuhe bei H&M.*

Eigentlich will ich gar nichts von Heidi wissen, ganz ehrlich. Aber ich gebe mir Mühe. Und ich ärgere mich. Ich habe einmal mehr keine Chance, mich zu wehren. Ich mache, was mir befohlen wird, egal, was ich davon halte. Ich glaube, ich muss doch Zahnärztin werden. Dann trampelt endgültig keiner mehr auf meinen Nerven herum. Dann bin ich die, die den Leuten an die Nerven geht, dann bin ich der alleinige Boss, die Queen, der Tyrann, die Bohrer-Bitch! Und habe ich mal schlechte Laune, dann dauert meine Behandlung eben ein bisschen länger. Sorry. Und tut ein bisschen mehr weh. Auch sorry. Und wird ein bisschen teurer. Nicht sorry! Nein, wirklich, einen Nachmittag mit Heidi Happy, ich raffs nicht.
Schülerin zu sein, ist doch ein Scheissjob.

Heidi kommt nach Schulschluss auf mich zu und lächelt. Auf ihre eigene, schüchterne Art. Herzig, irgendwie. Als möchte sie mir ein Sträusschen Edelweiss verkaufen.

»Ich freue mich, wenn du mal bei mir vorbeikommst«, sagt sie.
Ich bin einen Moment lang sprachlos.

»Du kommst doch?«, fragt sie und wird ein wenig rot.
»Klar, easy«, sage ich cool.
»Echt? Am Mittwochnachmittag?«, fragt Heidi fast ein bisschen ungläubig.
»Logo, wir wurden doch ausgelost!«
Was bleibt mir anderes übrig.
»Super!«
Es sieht fast so aus, als würde sich Heidi darauf freuen, mich kennen zu lernen. Warum wohl? Wir sind doch total verschieden. Wir haben keine Gemeinsamkeit ausser der umgestylten Gumsel und der Schule hier.
Aber Heidi strahlt.
Ich erwidere ihr Lächeln.
Gut, dann lernen wir uns eben kennen.
Wenn es denn sein muss.
Und danach gehe ich ihr wieder aus dem Weg, denke ich und fühle mich dabei – ganz ehrlich gesagt – ein wenig bitchig.
Aber so ist das nun mal im Leben, es gibt die einen, und es gibt die anderen. Und es ist nicht so, dass die einen mit den anderen unbedingt vier Wochen lang auf eine einsame Insel in die Ferien müssen. Die einen sind so, und die anderen sind anders. Ende.

# 9

Ich habe schlechte Laune und keine Lust auf gar nichts mehr. Und ich habe einen extremen Heimwehschub. Am liebsten würde ich sofort meine Tasche packen und nach Zürich ausbüxen.
Für immer.
Ich vermisse meine Freundinnen schmerzlichst. Und Pascal, meinen Schwarm. Wir waren noch nicht richtig zusammen (also schon, aber doch noch nicht voll, das heisst, es bahnte sich etwas an und so), und dann hat man mich entführt, bevor wir eine Chance hatten, uns näherzukommen. Logisch, dass seine E-Mails immer kürzer werden und seltener. Das tut weh. Aber klar, ich verstehe das auch irgendwie: Jetzt hat er wieder mehr Zeit fürs Handballspielen und fürs Abhängen mit seinen Kumpels. Von Sandy habe ich gehört, dass sie jetzt mit Pascis Mannschaftskollege Stephan Erni geht. Und Donatella hat eine neue beste Freundin, die ich nicht einmal kenne. Kim nimmt Karateunterricht. Ausgerechnet Kim. Grace jobbt in einer Boutique.
Und ich lebe am Arsch der Welt und werde langsam vergessen. Vergessen wie ein Buch, das mal ausgelie-

hen wurde, nicht mehr zurückkommt und auf Nimmerwiedersehen verschwunden bleibt. Das schmerzt. Manchmal weine ich mich in den Schlaf. Ich fühle mich allein. Ausgesetzt in der Wildnis, wie Leonardo DiCaprio in »The Revenant«.

Meine Eltern scheinen nichts von meinem Kummer zu merken. Die Stimmung zu Hause ist ohnehin im Keller. Mein Vater ist gereizt und explodiert ständig, auch wegen Kleinigkeiten. Neulich ist er total ausgerastet, weil ich eine Cola getrunken habe, eine Cola light, wohlverstanden, ohne Zucker.
»Ihr macht euch mit der Säure die Zähne kaputt. Das habe ich doch schon tausendmal gesagt. Keiner hört auf mich. Ich predige an eine Wand. Nicht einmal meine eigene Tochter kapiert, wie wertvoll die Zähne sind und wie wichtig der Zahnschmelz!«, polterte er und konnte sich kaum mehr einkriegen. Dabei trinke ich nur ganz selten Cola oder andere Süssgetränke, eben weil ich das doch alles weiss.
Meine Mutter hatte gestern total verweinte Augen, behauptete allerdings, eine Augenentzündung sei der Grund dafür. Wers glaubt, zahlt 'nen Schoggitaler. Für

wie blöd hält sie mich eigentlich? Warum reden die beiden nicht mit mir? Ich glaube, die angespannte Stimmung hat damit zu tun, dass nun auch in Schwyz ein Zahnarztzentrum eröffnet wird. Es heisst »Zahnitas«. Ich habe die Plakate gesehen. Jeder hat die Plakate gesehen. Sie waren unübersehbar. Sie hingen in einer Überdosis an jedem Kuhstall, an jeder Seilbahnstation. Ist schon hart, gell: Da stellt dann irgendein Investor die Infrastruktur zur Verfügung, und ausländische Zahnärzte bohren billig und rund um die Uhr. Das ist eine brutale Konkurrenz für meinen Vater, der ja erst grad hier anfing. Ob sein Vorgänger schon davon wusste und deshalb seine Praxis verkauft hat? Ob er geflüchtet ist? Wie mein Vater, den die ausländische Billigkonkurrenz aus Zürich vertrieben hat. Wohin sollen wir wohl als Nächstes ziehen?
Aber eben, mit mir redet man ja nicht.
Ich bin das Kind.
Mit dreizehn Jahren!
Thir-teen, hallo! – Ich bin kein Kind mehr, ich bin ein Teen-ager!

Mittwochnachmittag.
Ich besuche Heidi.
Unfreiwillig.
Das möchte ich hier nochmals betont haben.

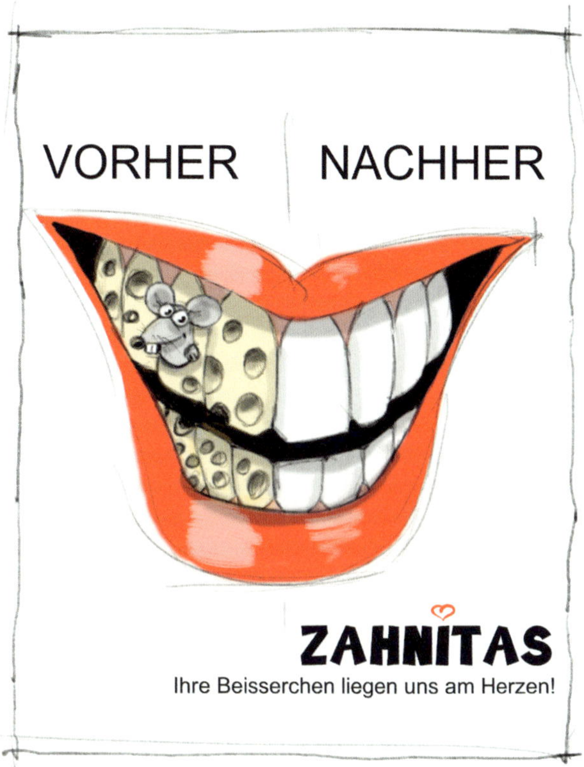
VORHER
NACHHER
ZAHNITAS
Ihre Beisserchen liegen uns am Herzen!

Innerlich protestiere, schimpfe, poltere ich. Aber das kommt jetzt auch nicht mehr drauf an, wenn doch die Laune eh im Keller ist.
Meine Mum gab mir heute mit auf den Weg: »Sei offen und vergiss deine Vorurteile. Sonst wird es auf jeden Fall schlimm. Wenn du aber offen bist, kann es eine positive Überraschung werden.«
Ich bin also so was von huäremässig offen.
Ich bin extrem superoffen.
Es gibt direkt Durchzug.
Offen für alle positiven Überraschungen dieser Welt.
Offen für Landluft und Landleben.
Offen für Heidi und den Geissenpeter.
Offen wie ein offenes Ofenrohr.
Nein: Ich habe null Bock auf all das!
Aber deeer‿maaa‿sssen nulll!
Unfuckingfassbar nulll!

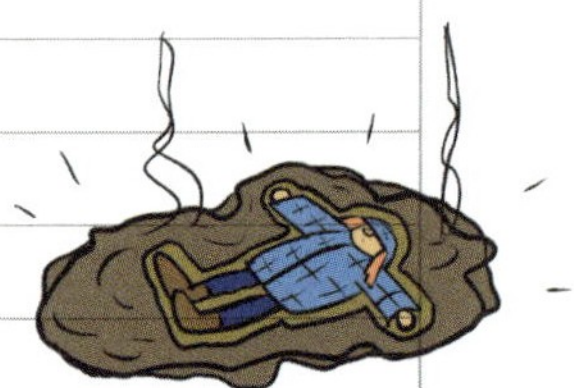

Es ist sonnig und viel zu warm für die Jahreszeit. Ich trage alte Künzlis zu alten Jeans. Und einen uralten Pulli von meiner Mutter. Voll »shabby chic«. Nicht besonders stylish, aber – sicher ist sicher. Ich will mich später nicht über versiffte Kleider ärgern müssen. Will nicht zusammenbrechen, wenn ich in einen Kuhfladen trete (was bei meiner momentanen Hochbegabung, in Scheisse zu treten, durchaus möglich wäre).

Der Bauernhof ist nicht weit weg von unserem Haus. Wahrscheinlich könnte ich in meinem Zimmer sogar die Kuhglocken von Heidis Braunvieh bimmeln hören (vorausgesetzt, ich würde nicht grad Sevens »Cool Guy« rauf und runter hören). Ausserdem schlafe ich nicht bei offenem Fenster. Ich habs gern warm. Was ich damit sagen will: Wir sind fast Nachbarinnen. Fast.
Mindestens geografisch sind wir uns so nah, dass ich in unserem Garten voll ihren Miststock riechen könnte.
Ich wusste gar nicht, dass wir so nah wohnen.
Jetzt weiss ich es.
Unnötiges, überflüssiges Wissen.
Wissensmüll, sozusagen.
Nein, Wissensmist.
Super!
Schule sei Dank.

Ich könnte sie würgen, die bunte Maus.

Ooommm. Ich atme durch.
Ich soll ja offen sein, spüre aber wirklich grad nichts davon. Das Einzige, was offen ist, sind die Löcher in meinen Jeans.
Im Gegenteil: Ich bin abweisend, durch und durch, total blockiert, voller Fluchtgedanken, und das von Kopf bis Fuss. Und ich kann nichts dagegen tun.
Sorry.

Vor Heidis Haus stürmt mir als Erstes ein ungestümer Hund entgegen, schnurstracks wie eine 1.-August-Rakete auf dem Weg zur Elefantenwolke. Ich stehe still und erstarre einen Moment lang. Ist das jetzt der Angriff einer Killerbestie oder eine Begrüssung im Streichelzoo? Das ist ja generell immer schwierig zu unterscheiden: Hast du es mit einem Freund zu tun oder mit einem Feind? Das Fellbündel rennt um mich herum, bellt, wedelt mit dem Schwanz, stupst mich mit seinem Kopf an. Es macht einen netten Eindruck. Vorsichtig halte ich ihm meine Handflächen hin, und neugierig schnuppert das Tier an meinen langen Fingern. Jetzt lehnt sich der hechelnde Hofhund an meine Beine und will ganz offensichtlich formell begrüsst werden. Genüsslich lässt er sich kraulen und tätscheln.

Uff, Glück gehabt. Nicht auszumalen, was wäre, wenn er mir eine Hand abgebissen hätte. All meine Berufsträume wären mit sofortiger Wirkung
begraben.

Einhändige Models?
Gibt es nicht!
Einhändige Zahnärzte?
Gibt es nicht!

Nicht einmal Sekretärin oder Serviertochter könnte ich mehr werden, auch nicht Köchin oder Klavierlehrerin.
Wäre jedenfalls alles ziemlich schwierig.

Aber dieser Hund ist sehr süss: ein wolliges Wuscheltier, nicht so der klassische Hofhund, der einen sofort zähnefletschend in die Flucht schlägt. Keiner dieser hinterhältigen Appenzeller Wadenbeisser mit Kringelschwanz. Der sympathische Wuschel ist entweder eine ganz wertvolle Rasse oder eine abenteuerliche Mischung aus Berner Sennenhund, Labrador, Boarder Collie, Wolf und Schaf.

»Tarzan!«, höre ich Heidi rufen. Sie pfeift kurz, und der Hund macht mit den Ohren etwas, was wir Menschen nicht können, und rennt dann zu seinem Frauchen.

»Entschuldigung«, sagt Heidi. »Tarzan ist noch jung und ungezogen. Aber er ist total harmlos und tut niemandem nichts.«

»Niemandem nichts« – was ist denn das für 'ne schräge Formulierung, die macht ja nun wirklich gar keinen Sinn. Zum Glück bin ich gegen Starrkrampf geimpft.

Heidi lacht mich an.

»Er will bloss spielen.«

»Ja, ja, das sagen alle«, entgegne ich. »Das kenne ich vom Joggen. Und wenn der Hund dann trotzdem beisst, wars – uiuiui – das erste Mal.«

Heidi schaut mich erschrocken an. Dabei wollte ich nicht extra unfreundlich sein. Drum rede ich gleich weiter, versuche, die Situation zu entspannen.

»Ich wollte auch immer einen Hund. Aber meine Eltern sind dagegen. Eine Weile habe ich sie zum Wahnsinn getrieben, weil ich voll so tat, als hätte ich einen. Ich habe mit ihm geredet, ständig, überall, und ihn überallhin mitgenommen. Ich habe das einige Wochen durchgehalten und erst damit aufgehört, als meine Eltern meinten, ich müsse zu einem Kinderpsychologen. Sie dachten, ich ticke nicht richtig. Schwerer Fall und so, du weisst schon.«

Heidi staunt mich mit grossen Augen an.

Ich rede wie ein Wasserfall und halte erschrocken inne, als mir das bewusst wird. Daran ist vor allem der herzige Tarzan schuld, der sich nun vor mir auf den Rücken legt und unbedingt und sofort gestreichelt werden will. Heidi freut sich, dass mich der Hund mag.

Aber jetzt Moment mal: Wie sieht das stille Mädchen eigentlich aus?

Zu einer grünen Hose (heirassa, wo bekommt man denn so etwas Schreckliches?) trägt Heidi als sehr, sehr mutige Farbkombination ein Edelweisshemd und darüber eine rote Fleecejacke. Ihr Haar ist zerzaust, als ob sie von einer stürmischen Schifffahrt käme, die Wangen sind gerötet, und auf ihrer Nase entdecke ich ein wenig Dreck. Hoffentlich ist es keine Kuhscheisse. Ich frage sie lieber nicht, was das sein könnte. Als Krönung

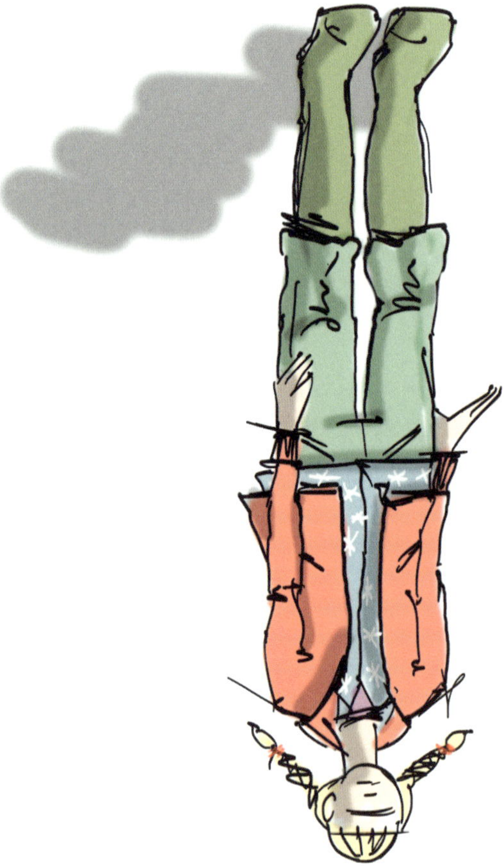

des Ganzen hat sie ihre Füsse in ockerfarbene Gummistiefel gesteckt. Gummistiefel, so etwas besitze ich nicht einmal, egal, in welcher Farbe. Ehrlich! Das ist wohl ihr Home-Outfit. Super.

Uns trennen Welten!!!

Weeelteeen.

Hilfe! Ich bin ein Stadtmensch, holt mich hier raus!

»Du hattest nie ein Haustier?«, fragt Heidi leise, und es klingt mitleidig, fast ein wenig traurig.

»Nein. Aber meine Schwester Sonja hatte mal einen Goldhamster. Ich habe ihn umgebracht.«

»Was?«

Heidi reisst die Augen auf und kriegt den Mund nicht mehr zu vor Entsetzen. Sara, die Hamstermörderin. Jetzt bin ich wohl völlig untendurch.

»Ich habe ihm die Gurgel umgedreht!«

Heidi ringt nach Luft.

»Nein, das war nur Spass. Und nein, es war auch nicht Mord im herkömmlichen Sinne«, beschwichtige ich.

Heidi hofft auf eine Erklärung.

»Es war eher Selbstmord.«

Heidi schluckt hörbar und formuliert ungläubig:

»Sel-bst-mor-d?«

»Ja. Meine Schwester war bei unseren Grosseltern in den Ferien, und ich musste auf das Tierchen aufpassen. Sonja hatte mir eingeschärft, ihren Hamster Moritz nie

und niemals aus dem Käfig zu nehmen. Ich war erst sieben und gehorchte ungern. Ausserdem tat er mir leid in seinem Gefängnis. Also nahm ich ihn aus dem Käfig und liess ihn in der Wohnung herumrennen. Er sollte doch auch ein wenig Spass haben.
So viel Freiheit war sich der Kleine aber nicht gewohnt. Er flippte schier aus und fräste wie ein ferngesteuertes Autöli kreuz und quer durchs Zimmer. Ferngesteuert – einfach ohne Steuerung. Aber richtig happy. Super eigentlich. Ich freute mich mit ihm, überlegte aber schon, wie ich ihn je wieder einfangen könnte. Und dann passierte es. Ich schaute zu, und es war kaum zu fassen: Moritz rannte voll Karacho auf die Treppe zu. Ich schrie vor Schreck. Doch dann machte er eine Vollbremsung, hielt inne und beschnupperte den Abgrund. Uff, das hätte ins Auge gehen können, dachte ich noch. Aber schon setzte er zurück, holte Anlauf und raste wie James Dean im Film ›Denn sie wissen nicht, was sie tun‹ auf die verhängnisvolle Klippe zu. Voll amok! Ja, und dann stürzte er sich in gestrecktem Galopp hinunter – mindestens drei Meter. Es war fürchterlich.«
»Nein!?«, japst Heidi.
»Doch!«
»Und?«, will sie ungeduldig wissen.
»Er war auf der Stelle tot. Mausetot – hamstertot, besser gesagt.«

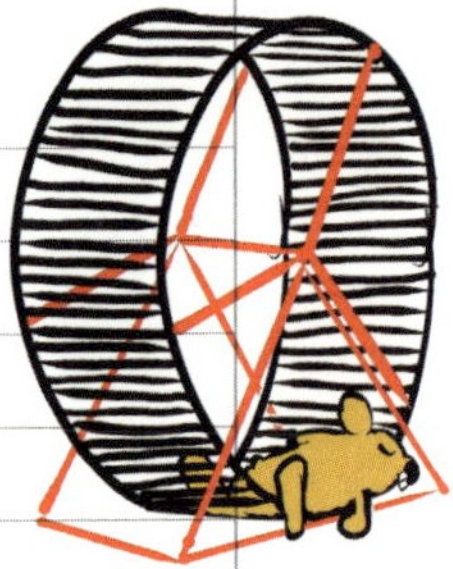

»Oh!«
»Ja, siehst du, deshalb war es quasi ein Selbstmord. Aber schrecklich für mich. Ich war fix und fertig. Es schaudert mich heute noch, wenn ich daran denke.«
Warum bringt sich so ein Fellhopschel um? Wie oft habe ich mich das gefragt? Hamsterrad-Koller? Heimweh nach Sonja? Oder hatte Moritz genau in dem Moment, als er endlich mal frei war, erkannt, wie erbärmlich sein Hamsterleben in dem engen Käfig eigentlich war, und beschlossen, dass er so nicht weitermachen wollte?
Da stellt sich auch die Frage, ob Hamster denken und fühlen können. Ich bin gespannt, ob im Buchtipp von Frau Fischer gescheite Antworten zu den vielen Fragen zu finden sind. Ich werde meine Mutter auf jeden Fall bitten, mir dieses Hamster-Tagebuch zu poschten.
»Damals reagierte meine Mum übrigens supercool«, erzähle ich Heidi nun. »Sie blieb total ruhig und organisierte eine würdige Schuhschachtel-Beerdigung (Louboutin) in unserem Garten. Und dann kaufte sie einen neuen Hamster, der genau so aussah wie Moritz. Aber ganz genau so wie er! Und nicht einmal mein Vater erfuhr etwas von unserem Komplott. Nie vergesse ich die riesige Angst, die ich hatte, als Sonja aus den Ferien heimkam. Nicht auszumalen, was passiert wäre, wenn sie herausgefunden hätte, dass ihr Hamster gar nicht ihr

# Finde die 7 Unterschiede

Moritz

Doppelgängerin

Kreuze die 7 Unterschiede an, fotografiere diese Seite
und maile deine Lösung an sara@schuleistdoof.ch.

geliebter Moritz, sondern ein Doppelgänger war. Aber wir flogen nicht auf. Sie merkte nicht, dass wir ihren Goldschatz notfallmässig ersetzt hatten.«

»Oh, da habt ihr aber Glück gehabt. Das hätte bestimmt ein riesiges Drama gegeben.«

»Jein. Der Moritz-Hamster gebar eine Woche später zehn kleine Hamsterlein. Meine Schwester glaubt noch heute an ein Wunder.«

Heidi prustet los.

Also wenn sie so herzhaft lacht, wirkt sie fast sympathisch, und dann verstehe ich einen Moment lang, warum man sie Heidi Happy nennt. Sie hat wirklich ein besonderes Lachen.

»Seit dieser Geschichte habe ich ein leicht gestörtes Verhältnis zu Tieren.«

»Das verstehe ich, aber mit unserem Tarzan konntest du ja auf Anhieb sehr gut umgehen.«

»Stimmt. Der ist echt süss«, gebe ich zu.

»Wir haben auch noch viele andere Tiere. Kühe, Kälber, einen Muni, Hühner, Hasen, einen Pfau, Katzen, Pferde ...«, zählt Heidi wacker auf.

»... aber die willst du mir jetzt nicht alle zeigen, oder?«, stoppe ich sie, bevor sie das ganze Tier-Abc herunterbetet.

»Muss nicht sein. Ganz, wie du willst.«

Sie nimmt es locker.

Gut so.
Ich habe mutig einen Hund gestreichelt. Das reicht mir als tierische Begegnung für den heutigen Tag vollends. Tarzan ist supersüss.
Er läuft jetzt ständig hinter mir her.
»Du, der mag dich«, erklärt Heidi, und fast kommt es mir so vor, als wäre sie erstaunt darüber.

Wir sind inzwischen ums Haus herumgegangen und treffen im Garten auf Heidis Mutter, die in einem Pflanzblätz arbeitet. Frau Heinzer begrüsst mich freundlich. Die Hand kann sie mir allerdings nicht reichen, weil sie gerade in der Erde herumwühlt. Tarzan eilt ihr sofort wedelnd zu Hilfe. Sich mit der Nase und den Pfoten ins Erdinnere vorzuarbeiten, scheint ganz offensichtlich eine Kernkompetenz meines neuen vierbeinigen Freundes zu sein. Aber was macht Heidis Mutter da? Zu dieser Jahreszeit wird sie ja kaum etwas anpflanzen wollen. Oder doch? Vom Gärtnern habe ich keine Ahnung. Genauso wenig wie von Goldhamstern. Jetzt, wo ich Heidi von Moritz erzählt habe, geht mir die Geschichte nicht mehr aus dem Kopf. Noch etwas ist mir geblieben aus der Zeit mit Sonjas Hamster.
»Wusstest du, dass die meisten Goldhamster aus der Grenzregion Syrien und Türkei kommen?«, frage ich Heidi. »Sie gelten als gefährdete Art und stehen irgend-

wie auf einer Roten Liste oder so. Das hat mir Sonja damals erzählt, als sie so stolz war, dass ihr Hamster so viele Babys bekam. Aber hier bei uns sind sie ja bestimmt nicht gefährdet - man kann sie doch in jedem Tierladen kaufen.«

Heidi hört mir interessiert zu, ihre Mutter wühlt noch immer in der Erde.

»Was macht sie denn da?«, will ich jetzt wissen.

»Mama sucht den Hausschlüssel«, erklärt Heidi.

Mir fällt der Kiefer runter.

»Also genau genommen den Schlüssel für die Gästewohnung, der hängt an einem Huhn, und Tarzan hat beides entführt.«

»Hängt an einem Huhn? Logisch. Klar. Man darf ja wohl auch mal einen Haustürschlüssel an ein Huhn hängen. Warum auch nicht. Ist doch super.«

Ich verstehe die Welt nicht mehr und muss ziemlich bescheuert aus der Wäsche gucken. Sind die Heinzers durchgeknallt? Ich glaube, mein Schwein geigt!

Die Mutter gräbt mit dem Hund um die Wette, und der Schlüssel hängt an einem Huhn. Gehören die irgendwie zu einer Sekte?

»Ja, nein, logo, hallo! Kein richtiges Poulet natürlich«, werde ich von der Tränen lachenden Heidi aufgeklärt.

»Ich rede von einem Gummihuhn! Ein lustiges Hundespielzeug - solange der Hund nicht damit spielt. Da ist

nämlich so ein ›Püüpäli‹ eingebaut, das dich wahnsinnig macht, wenn Tarzan stundenlang auf dem Huhn rumkaut. Und drum hat Mami es ihm weggenommen und zu einem Schlüsselanhänger umfunktioniert. Sieht im Fall super aus. Ups, super dürfen wir ja nicht mehr sagen.«

»So weit kommts noch! In unserer Freizeit dürfen wir tun und lassen, was wir wollen. Da dürfen wir sogar super Schlüsselanhänger aus super Suppenhühnern basteln!«

Ich vergesse meine Vorbehalte, bin plötzlich ganz ungekünstelt offen.

Es ist schön, mit Heidi zu lachen, und wir geben uns ein fröhliches High-five.

Just als sie fragt, ob wir slacken wollen, quietscht es im Garten. Tarzan hat das von ihm vergrabene Huhn wiedergefunden. Um ihm das Teil abzunehmen und an den Schlüssel zu kommen, braucht es aber erst eine grössere Verfolgungsjagd. Es ist lustig, wie wir alle hinter ihm herrennen.

»Aus!«, schreit Heidi.

»Stopp! Hierher!«, ruft die Mutter.

»Tarzaaan!«, brülle ich.

Tarzan denkt wohl, wir wollten nur spielen, und auf Kommandos scheint er prinzipiell nicht zu reagieren. Irgendwann legt er das Gummihuhn freiwillig vor Heidis Füsse.

»Brav, Tarzan, feiner Hund!«, japst Frau Heinzer ausser Atem und greift sich erleichtert den Schlüssel.

Hatte Heidi nicht etwas von Slacken gesprochen, bevor der Hund und das Huhn uns ablenkten?
»Sag nur, du slackst?«, frage ich sicherheitshalber noch einmal nach.
»Ich versuchs«, antwortet Heidi schüchtern.
»Supercool, hey!«

Und tatsächlich, neben der Scheune ist eine Slackline zwischen zwei Bäumen befestigt. Ich glaub, mir gibts was: Eine Slackline am Ende der Welt, das hätte ich jetzt wirklich nicht erwartet.
»Die Slack erinnert mich an mein früheres Zuhause«, erzähle ich Heidi. »Am Zürihorn und am Mythenquai balancieren sie im Sommer immer auf den Bändern rum. Ist im Fall voll geschmeidig, was die, die es können, so draufhaben.«
»Slacken ist super. Wie Seiltanzen. Der Unterschied ist, dass die Line kein gespanntes Seil ist, sondern eben ein lockeres Band. Eher wie ein Schlappseil.«
»Ist das eine Ribbon?«, krame ich hervor, was ich mal bei Kollegen aufgeschnappt habe.
»Du meinst Gibbon, ja, man erkennt sie am Äffchen-Logo«, erklärt Heidi freundlich, ohne sich über meinen Fehler lustig zu machen. »Falls du dir auch mal eine

wünschst. Ich habe eine X13, die ist fünfzehn Meter lang. Mein Vater hat sie extra schön tief unten aufgehängt, damit man nicht abstürzt, wenn man abstürzt. Hast du Lust, mal draufzustehen?«, fordert mich Heidi nun heraus.

Na ja, an der Lust würde es nicht liegen. Aber ob ich das kann? Ich komme ja nicht aus einer Zirkusfamilie. Heidi hält mir die Hand entgegen, ich nehme sie und steige vorsichtig auf das Band. Es hängt nur auf Kniehöhe, aber es hängt eben doch in der Luft, federt und wackelt und schaukelt. Und gerade als ich glaube, zu stehen, passiert es, und ich bringe mit meinem Sturz auch Heidi zu Fall. Wir lachen und lachen und können kaum aufhören. Wer hätte gedacht, dass es hier so lustig zu- und hergeht? Ich gewiss nicht. Ich habe mir zwar wehgetan, aber ich steige wieder auf das Band. Wieder und wieder. Es fasziniert mich.

Heidi kann es gut. Sie geht eine ganze Linie, von Baum zu Baum, und es sieht super aus, professionell, wie bei einer Artistin. Sie tänzelt vorwärts und rückwärts und kann sich sogar umdrehen.

»Repus!«, bravoe ich.

Und das rückwärts gesprochene Unwort bringt uns abermals zum Lachen.

»Ich war mal im Kinderzirkus Piccolo. Dort durfte ich schon als Knirps auf die Slackline. Das war ein Riesen-

spass. Also wünschte ich mir vom Christkind eine Slackline. Und jetzt hängt sie schon ein paar Jahre hier, und die ganze Familie turnt darauf herum, sogar Mami und Papi.«

»Echt?«, frage ich verblüfft.

Ich kann mir beim besten Willen nicht vorstellen, wie *meine* Eltern mit mir auf einem Band ihren Gleichgewichtssinn trainieren würden. Jetzt bin ich direkt ein wenig neidisch auf Heidis Familienleben.

»Mein Bruder Hausi kann es am besten. Aber wenn es dich interessiert, musst du mal im Internet schauen, was man mit einer Slackline alles anstellen kann. Auf slacktivity.ch gibts geile Videos!«

Wir haben Spass.

Wer hätte das gedacht?

Wir turnen über eine Stunde auf dem wackligen Band herum. Inzwischen ist es schon ziemlich frisch geworden, aber wir merken das gar nicht, weil wir ja nonstop in Bewegung sind. Tarzan rennt um uns herum und scheint sich an unserer Freude zu freuen.

»Fuss gerade! Blick vorwärts zum Baum! Nicht runtergaffen! Ja, so ists gut.«

Ups!

Heidi hilft mir.

»Bleib einfach auf einem Bein stehen und balanciere. Nimm die Arme hoch! Ja, nach oben!«

Wir üben also erst mal stehen und balancieren. Wenn das Band zu sehr wackelt, hält Heidi es fest oder setzt sich kurz drauf.
»Heidi, du bist ja voll ein Profi. Das ist unglaublich, wie du das draufhast«, lobe ich ehrlich.
»Vergiss es! Wenn du dir mal etwas ganz Krasses reinziehen willst, dann empfehle ich dir, ›Bernhard Witz‹ zu youtubeln. Der kennt gar nix, kein Witz!«
Frau Heinzer bringt uns Apfeltee und Gugelhopf und plaudert ein wenig mit uns. Tarzan will helfen, vor allem beim Gugelhopf, aber für ihn gibts keinen Kuchen.
»Er kann betteln, wie er will, er kriegt einmal pro Tag sein Trockenfutter, und das reicht ihm. Muss ihm reichen«, sagt Heidi bestimmt. Und zum Hofhund gewandt: »Vergiss es, Tarzan, ver-giss es!«
Tarzan vergisst nichts. Diesbezüglich ist er wie ein Elefant; und aus Rache wird er später wieder das Schlüssel-Huhn vergraben.

Flugs ist der Nachmittag vorbei, und wir haben überhaupt nicht an das Porträt gedacht, uns die blöden Fragen nicht gestellt, nichts notiert, nichts aufgeschrieben. Piepegal.
Ich marschiere mit grossen Schritten heimwärts und bin superhappy. Wir haben uns für den nächsten Mittwoch wieder verabredet. Ich wundere mich selber.

Über mich.
Über Heidi.
Überhaupt.
Daheim setze ich mich an den Computer und weiss bald alles über das Slacklinen. Die Trendsportart war Anfang der Achtzigerjahre *die* Freizeitbeschäftigung der Kletterer im Yosemite-Nationalpark in Kalifornien. Daraus entwickelte sich unterdessen eine richtige Freestyle-Szene. Heute wird die Slackline oft von Spitzensportlern aller Art im Training eingesetzt und immer häufiger auch in der Physiotherapie. So ein Band muss unbedingt auf meine Wunschliste für Weihnachten. Ich liefere dem Christkind auch gern die nötigen Argumente: Man trainiert auf der Slackline die kognitiven (da lerne ich doch gern freiwillig ein neues Wort, Frau Fischer!) und geistigen Fähigkeiten: Konzentration, Gleichgewicht, Koordination. Das wird meine Eltern sofort überzeugen, auch wenn sie befürchten könnten, ich würde mir bei einem Sturz die Zähne rausschlagen. Ich ziehe mir ein Video nach dem anderen rein. Cool.
Vor dem Zubettgehen schaue ich mir noch den Dokfilm »Schwindel der Freiheit« an, den das Schweizer Fernsehen über den Highliner Bernhard Witz gedreht hat.

Halleluja! Nichts für schwache Nerven!
Ich freue mich auf den nächsten Mittwoch.

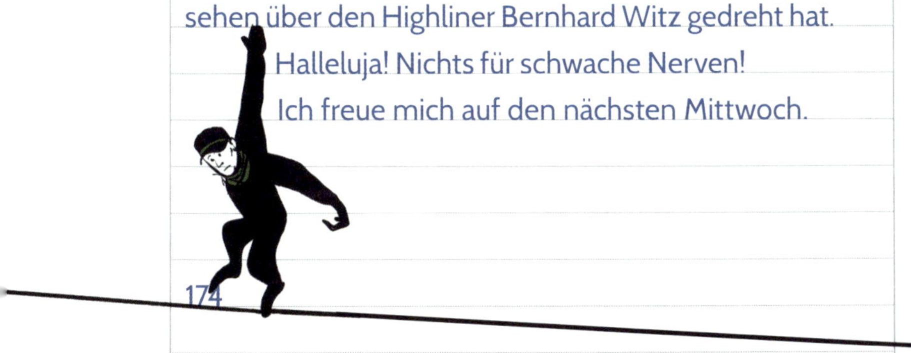

# 10

Am frühen Morgen gehe ich am Badezimmer meiner Eltern vorbei und sehe meine Mutter, wie sie sich im Spiegel angrinst. Sie kichert glucksend. Ich bleibe stehen und beobachte sie heimlich. Sie lächelt, lacht, schneidet Grimassen, alles im fröhlichen Wechsel. Nimmt sie Drogen? Hat man ihr irgendwelche Medikamente verordnet? Ich finds echt ein wenig unheimlich, gruselig. Hat ein Ausserirdischer die Kontrolle über den Körper meiner Mutter übernommen?

Auch beim Frühstück ziehen sich immer wieder ihre Mundwinkel nach oben, als hätte sie einen Krampf.

»Ist etwas?«, fragt sie mich doch allen Ernstes, weil sie meinen komischen Blick bemerkt.

»Bei mir nicht«, sage ich nur und ziehe meine Augenbrauen etwas nach oben, so wie sie das manchmal tut, wenn ihr etwas nicht passt oder wenn sie mich nicht versteht. Seelenruhig giesst sie sich Kaffee ein und löst eine Vitamin-Brausetablette in einem Glas Wasser auf. Ich nehme mir auch eine. Mal sehen, ob da was drin ist. Am frühen Morgen lache ich eigentlich nie. Aber ich bin offen für Neues. Offen wie ein Scheunentor.

Aha, an der Vitamintablette kann es nicht liegen. Bei mir tut sich jedenfalls gar nichts.
»Noch nie von Lachyoga gehört?«, fragt meine Mum nun und turnt weiter mit ihren Gesichtsmuskeln.
»Lachyoga?«
»Ja.«
»Super.«

Meine Mutter besuchte schon immer die unmöglichsten Kurse. Warum nicht auch Lachyoga, was immer das sein mag?
»Pass auf: Wenn man richtig lacht, bewegen sich siebzehn Gesichtsmuskeln«, klärt mich meine Mum nun auf. »Es darf aber nicht nur so ein verkniffenes Lächeln sein. Auch der Augenringmuskel muss sich zusammenziehen. Dann meldet das Gehirn: ›Glücklich!‹, und es schüttet Glückshormone aus. Der Herzschlag beschleunigt sich, die Durchblutung wird verbessert, Stresshormone werden reduziert, das Immunsystem gestärkt, das Schmerzempfinden verringert. Und das Coole dabei: Es ist egal, ob das Lachen echt ist oder nicht. Du kannst dich mit Lachen selber glücklich machen.«
Oh.
Das ist ja eigentlich spannend. Aber, hey, mich beunruhigt, dass meine Mutter sich scheinbar selber glücklich machen muss, mit Gewalt, und das schon am frühen

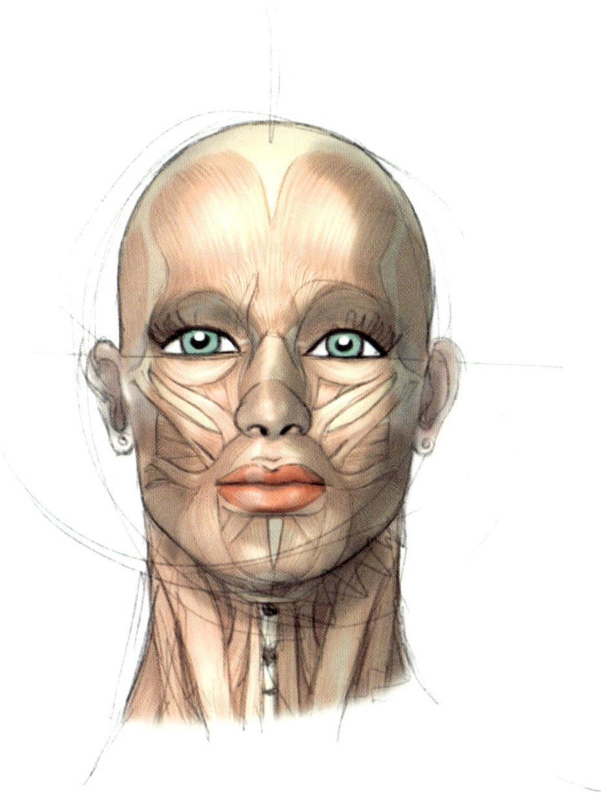

Morgen und vor dem ersten Kaffee. Bei uns läuft es zurzeit ganz offensichtlich nicht gerade rund. Meinen Vater sehe ich immer seltener. Schläft er schon in der Praxis?

»Ich habe mal von einer Schauspielerin gelesen, die nie richtig lacht, weil das Lachfältchen gibt«, sage ich nur.

»Tja, selber schuld«, antwortet Mum und bestreicht ein Knäckebrot mit irgend so einem grünlichen Kräuterzeug.

»Wie war es denn auf dem Bauernhof?«, will sie wissen. Gestern konnte ich nichts erzählen, weil meine Eltern zum Abendessen Besuch eingeladen hatten, einen befreundeten Zahnarzt aus Zürich mit seiner Frau. Die Gespräche kannst du dir ja vorstellen!?! Ich verdrückte mich so schnell wie möglich ins Zimmer. Das ist neu, dass ich das darf und meine Mutter mir sogar erlaubt, im Zimmer zu essen.

»Es war nett«, rapportiere ich nun.

»Nett?«, echot sie und macht eben wieder das mit den Augenbrauen.

»Genau. Nett«, bestätige ich und nehme einen Schluck Ovomaltine.

»Wow, du bist ja mal wieder gesprächig. Hast du deine Tage? Oder einfach nur schlechte Laune? Du solltest dich auch mal im Spiegel anlachen!«

Ich erstatte also ausführlich Bericht, und am Ende lächelt meine Mutter richtig und echt.

»Das freut mich«, sagt sie.
»Mum, ich wünsche mir eine Slackline zu Weihnachten.«
»Was immer das auch sein mag, ich werds dem Christkind ausrichten.«
»Ha, ha!«
Meine Mutter seufzt und lässt ihre Mundwinkel wieder hängen. Ich habe ihr mit dem Stichwort »Weihnachten« wohl die Laune versaut. Dabei ist doch sie sonst diejenige, die schon im November anfängt, hyperaktiv das Haus zu dekorieren, Guetsli zu backen und Geschenke einzupacken. Dieses Jahr scheint sie keine grosse Lust darauf zu haben.

Vor ein paar Tagen sprach ich mit meiner Schwester per Skype darüber. Ich sagte Sonja, dass ich ein ganz komisches Gefühl habe. Sie meinte bloss, heute seien ja viele Eltern geschieden, das könne uns durchaus auch passieren, und ich solle mich nicht so anstellen. Es gebe Schlimmeres.
Hä?
Schlimmeres? Was denn?
Pest und Cholera?
Das Schlimmste wäre, wenn mein Vater mit Frau Fischer durchbrennen und sich deswegen scheiden lassen würde.

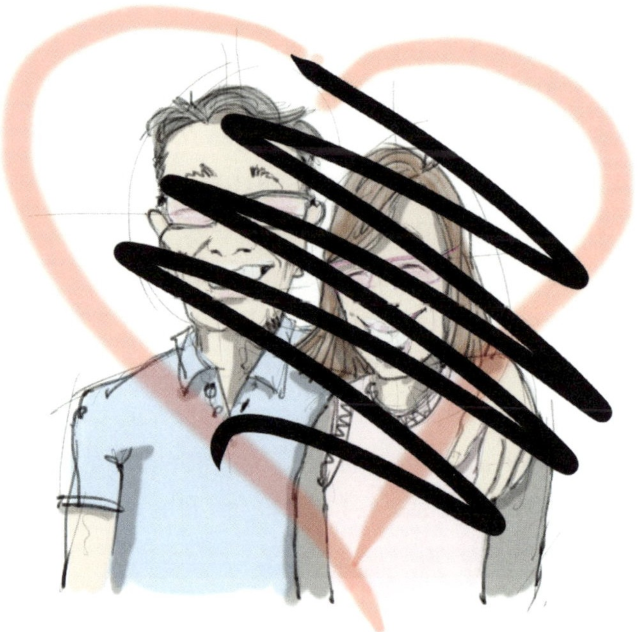

Oder meine Mutter mit Johnnys Vater, von dem sie nach dem letzten Elternabend sehr geschwärmt hat! Wobei ich eher glaube, dass sie es vor allem toll fand, den Mann von Johnnys Mutter kennen gelernt zu haben. Sie mag die »superschröckliche« Musik von dieser Jasmin Janser nämlich sehr, obwohl sie sonst keine Volksmusik hört.

Wie auch immer, Sonja kann nur so reden, weil sie weit weg ist – und weil sie einen Jean hat.

*»Jean mange une orange.«*

Ich jedoch möchte meine Eltern behalten. Beide. Scheidungen sind heute zwar nichts Besonderes mehr, viele meiner Schulkameraden haben geschiedene Eltern. Johnny Depp ist ja auch wieder geschieden. Nein, nicht unser Johnny, ich meine den Schauspieler! Scheidungen sind immer Scheisse. Für alle. Oder? Frag mal Angelina Jolie und Brad Pitt!

In der Schule kommen Heidi und ich uns nicht wieder so nahe, wie wir es bei ihr zu Hause waren. Wir lachen uns zwar zu, gehen uns dann aber für den Rest der Woche eher aus dem Weg. Irgendwie ist das alles noch ungewohnt.

Am nächsten Mittwochnachmittag gehe ich aber wie vereinbart wieder zu Heidi, und es ist genau so wie das erste Mal. Heidi und ich lachen viel, schauen uns auf

meinem Smartphone Slackline-Lehrvideos an und versuchen dann, möglichst viel davon umzusetzen. Heidis Bruder Hausi kommt auch dazu, und einmal geht sogar ihr Vater über das Band, ohne herunterzufallen. Ich bin platt.
Es ist Heidis Mutter, die uns irgendwann ins Haus beordert und sagt: »Ihr habt doch noch irgend so eine Aufgabe für die Schule, oder? Meint ihr nicht, dass es langsam Zeit wird, sich mal dranzusetzen?«

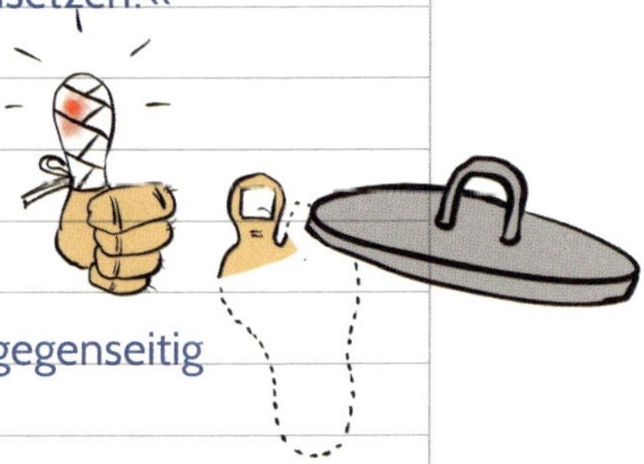

Die Porträts.
Ou, du verbränntí Zaine!
Stimmt, da war doch was ...
Und so stellen wir uns missmutig gegenseitig unsere vorbereiteten Fragen.

Heidi hat keine eigene Kuh, aber ihr gehören viele Kaninchen, »Chüngeli«, wie sie die Tiere liebevoll bezeichnet. Sie züchtet die Viecher und ist stolz darauf, dass sie diese auch selber schlachten kann. Da frage ich im Moment gar nicht weiter.
Du meine Güte: Heidi zerlegt ihre eigenen Haustiere!!! Wie krank ist das denn? Das könnte einem ja glatt Angst einjagen. Dagegen war meine Hamsterstory ja geradezu eine superharmlose Gutenachtgeschichte.
»Was schaust du so komisch? Ist doch besser, wenn ich

das sorgfältig mache, als wenns jemand ist, der keine Beziehung zu den Tieren hat.«

Hmm.

Ansonsten sorgt Heidi auch für die Hühner, befördert sie am Abend in den Stall, lässt sie am Morgen wieder raus und sammelt die Eier ein.

»Manchmal komme ich mir vor wie der Osterhase!«, lacht sie.

Und sie kümmert sich um ein Pferd, das ihr zwar nicht gehört, das sie aber gern striegeln und darum manchmal sogar reiten darf. Das Tier heisst »Ostwind« und wohnt bei ihnen praktisch zur Miete. Heinzers haben zwei Pferdeboxen, im Moment ist aber nur eine belegt.

Pferde würden zwar viel Arbeit machen, aber mit diesen feinfühligen Wesen zusammen zu sein, ihre Wärme, ihr Vertrauen zu spüren, sei etwas vom Schönsten, was man sich vorstellen könne. Heidis Augen leuchten, als sie mir das erzählt. »Weisst du, Pferde sind wie Freunde, sie würden dich nie im Stich lassen.«

Vielleicht sollte ich mir anstelle einer Slackline lieber ein Pferd wünschen ;-)

Im Sommer hilft Heidi beim Heuen. Das sei eine sehr anstrengende Arbeit – gleichzeitig aber auch total befriedigend. »Am Anfang denkst du, dass du und die

anderen Helfer das riesige Feld nie im Leben schaffen werden, doch plötzlich ist der Fall erledigt, und alle sind total happy!«

Heidi Happy interessiert sich für alles, was auf dem Hof so passiert. Und sie geht aufs Gymnasium, weil sie einmal Tierärztin werden will.

Wow!

»Mich interessieren die Lebewesen auf dem Bauernhof. Gemüse und Früchte sind nicht so mein Ding«, sagt sie. »Ich kenne jedes Tier genau. Tiere sind spannend.«

»Tiere sind spannend« – das wird dann wohl der Titel meines Porträts über Heidi sein.

In ihrer Freizeit liest Heidi gern Jugendromane, in denen möglichst viele Pferde vorkommen.

Sie und ich sind extrem verschieden. Total anders.

Heidi spielt Blockflöte, kauft ihre Kleider im Einkaufszentrum Kaufrausch, und nein, sie macht ihren Käse nicht selber. Immerhin. Aber Trübelikonfi. Und die schmiert sie sich dann, wenn es »Gschwellti« gibt, auf den Käse.

Kartoffeln, Käse und Konfitüre.

Krass.

Unterschiedlicher könnten wir gar nicht sein.

Doch je länger ich mit ihr zusammen bin, desto mehr mag ich sie. Sie ist fröhlich, unkompliziert und ehrlich. Und im wahrsten Sinne des Wortes happy. Heidi ist ein

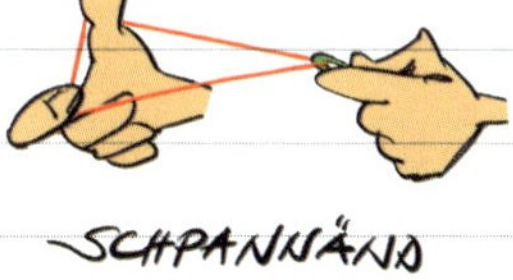

totaler Kumpel. Ich muss es als Geschenk sehen, dass wir einander zugelost wurden. Und ich fänds schön, wenn sie auch so empfinden würde.

Verständlicherweise findet es Heidi seltsam, als ich ihr erzähle, wie sehr ich mich für Mode und Styling interessiere. Sie versteht auch nicht, dass ich Modemagazine verschlinge und Bücher über prominente Models lese. Ich erzähle ihr vom Buch des Models Jorge González (das ist der Laufstegtrainer von »Germany's Next Topmodel«), das gerade auf meinem Nachttisch liegt.
»Er hat Radioökologie studiert«, berichte ich bewundernd, »das ist irgendwas mit Atomen! Würde man bei einem Laufstegtrainer doch nicht denken, oder? Die Medien nennen ihn ›fleischgewordenen Stöckelschuh‹. Hihi.«

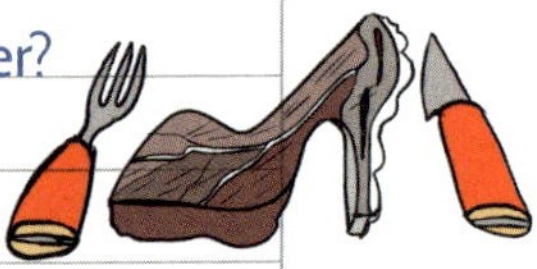

Heidi schaut mich schräg an. Sie versteht nur Bahnhof.
»Ich glaube, er hat nur Radioökologie studiert, weil er ins Ausland wollte«, erzähle ich weiter. »Für einen Schwulen muss es in Kuba unerträglich gewesen sein.«
Mit Schwulen hat Heidi immerhin keine Probleme. Sie hat einen homosexuellen Patenonkel, und der sei supercool.
»Meinst du, bei uns hats auch schwule Jungs in der Klasse?«, frage ich.
»Keine Ahnung.«

»Das wäre doch interessant, das mal rauszufinden.«
»Und dann?« Heidi zieht die Augenbrauen hoch, wie meine Mutter das oft tut.
»Na dann wissen wir es.«
»Ja, aber ist das nicht egal?«
»Nein, denn dann würde er bestimmt nix von mir wollen.«
»Ja, weil du ein Huhn und kein Güggel bist!«
Wir lachen uns kaputt.

Heidi ist einmalig. Von Namen wie Cara Delevingne oder Jorge González hat sie noch nie etwas gehört. Sie kennt nicht einmal Christa Rigozzi, und das ist doch immerhin die erfolgreichste Miss Schweiz ever! Sogar Sarina Arnold, die ja hier aus der Gegend stammt, aus dem Nachbarkanton Uri, ist ihr unbekannt.

Einfach so zum Spass frage ich Heidi, ob sie Glenn Glena aus Steinen kenne.
»Ach ja, das ist die Braunviehkuh, die an der Bezirksviehschau gewonnen hat«, weiss sie sofort.
Verstehst du, was ich meine?
Ich habs ja gesagt!
Die Eingeborenen hier, die ticken anders.
»Und ein Hobby hast du gar nicht? Was machst du denn in deiner Freizeit?«, fragt Heidi schliesslich etwas ratlos.
Um sie zu beruhigen, erzähle ich ihr, dass ich mit mei-

161262

ner Mutter joggen gehe. Dass ich mich selbst mit dem iPhone als Model fotografiere und diese Bilder dann auf Instagram und Facebook poste. Und dass ich einmal Zahnärztin werden wolle und daher viel mit meinem Vater über Zähne rede.

»Zähne sind spannend«, wiederhole ich ihren eigenen Ausspruch, ersetze nur Tiere durch Zähne.

Zähne sind spannend.

Dass ich nicht lache.

Wenn das der Titel ihres Porträts über mich wird, dann ist es weit mit mir gekommen. Mir ist nicht wohl dabei. Heidi und ich, wir sind uns nähergekommen. Ich mag sie. Irgendwie. Ehrlich. Darum will ich sie eigentlich nicht anlügen. Irgendwann werde ich ihr erzählen, dass ich einmal Model werden will oder zumindest irgendwie in der Modebranche tätig sein möchte, aber im Moment ist es wohl noch zu früh.

Wir sitzen am Kühetisch und arbeiten, schreiben an unseren Porträts und merken nicht einmal, dass es eine Hausaufgabe ist, weil wir dazwischen herumalbern und weil es superspannend ist, so viel über die andere zu erfahren.

Als ich mich dann auf den Heimweg mache, ist mein Text fertig.

Amen.

Theoretisch müsste ich mich nie mehr mit Heidi treffen, nie mehr mit ihr reden, sie nicht einmal mehr anschauen.
Aber wer hätte das gedacht: Das will ich gar nicht. Im Gegenteil. Es war immer supercool mit Heidi. Keine ist darüber mehr erstaunt als ich selbst. Und wir haben uns bereits wieder verabredet.
Auf dem Heimweg grinse ich glücklich vor mich hin, alle Muskeln im Gesicht grinsen mit – und »swoosh!« – mein Gehirn schüttet eine volle Ladung Glückshormone aus. Zum ersten Mal, seit wir hierhergezogen sind, in dieses ländliche Kaff hinter dem Mond, wird es mir so richtig warm ums Herz. Ich fühle mich zu Hause. Ich bin happy.

Ich glaube, auf Seite 191 hat sich ein Fehler eingeschlichen, aber ich bin nicht sicher ;-)

# 11

Heidi und ich sehen uns jetzt auch ausserhalb der Schule oft. Wobei eigentlich immer ich sie bei ihr auf dem Hof besuche. Sie war erst einmal (und auch nur ganz kurz) in unserem Haus und hat sich alles angeschaut. Mein grosses Zimmer hat ihr schon supergut gefallen, weil es voll krass ist. Ich durfte ja sogar die Farben selber auswählen. Jetzt strahlen meine vier Wände ziemlich durchgestylt in verschiedensten Rottönen. Natürlich passen auch die Vorhänge und die Bettwäsche sowie der kleine Teppich zum Farbkonzept. Sogar einen roten Bürostuhl durfte ich mir kaufen. Heidi blieb eine Weile der Mund offen, und ich war ein wenig stolz auf mein superaussergewöhnliches Zimmer. An den Wänden hängen Poster meiner Lieblingsmodels, und auch da habe ich darauf geachtet, dass die Fotos rotlastig sind, dass die Stars zum Beispiel etwas Rotes tragen oder vor rotem Hintergrund stehen.
Heidi und ich haben uns erst mein Zimmer angeschaut und sind dann durch unser Haus gestreift, wo alles perfekt und elegant ist. Sorgfältig durchdachte Farb- und Lichtkonzepte wirken. Alles ist weiss und aufgeräumt.

Aber ganz ehrlich: Bei Heidi auf dem Hof ist es lustiger, und man kann viel mehr machen und erleben, auch wenn es dort unordentlich und manchmal sogar fast ein bisschen dreckig ist. Selbst ihr Haus gibt mehr her, obschon manch eine Wand einen neuen Anstrich brauchte. Und erst die Möbel – ja heirassa! Farben und Formen wurden wild zusammengewürfelt, und einen neuwertigen Eindruck macht kaum etwas. Der Begriff »Design« ist für Heinzers ganz offensichtlich ein Fremdwort.
Aber obwohl Heidis Eltern beide von morgens früh bis abends spät hart arbeiten, nehmen sie sich zwischendurch auch tagsüber mal Zeit für irgendeinen Schabernack. Meine Mutter, die ja nur in Teilzeit die Buchhaltung der Zahnarztpraxis macht, ist viel weniger daheim. Sie hat immer etwas ob; muss ins Lachyoga, zur orientalischen Seifenbürstenmassage, in die Golfstunde, zum Osteopathen oder in ihren Malkurs, wo die Teilnehmer wild mit Farbe auf Leinwände losgehen, um sich selber zu »befreien«, wie sie ihr buntes Treiben zu erklären versucht. Befreien wovon?

Für unsere Porträts haben Heidi und ich übrigens Bestnoten bekommen, und wir mussten unsere Texte vor der ganzen Klasse vortragen. Ich glaube, die Frau Fischer hat mitgekriegt, wie gut Heidi und ich uns jetzt

verstehen. Einmal habe ich sie beim Lächeln in unsere Richtung ertappt. Sicher fühlt sie sich jetzt als Kupplerin der Nation. Diese kleine Freude mag ich ihr gönnen. Ehrlich!
Ich könnte mich übrigens auch als so eine Art Kupplerin fühlen, denn neulich wurde Frau Fischer an der Seite eines modelmässig aussehenden Typen beobachtet. Mit dem neuen Look scheint sie voll ins Beuteschema attraktiver Männer zu passen. Mode und Styling verändern eben die Menschen. Vielleicht werde ich schlussallerends sogar zur Hochzeit eingeladen? Hihi. Oder – was noch geiler wäre – ich darf ihr bei der Wahl des Hochzeitskleides und der passenden Schuhe zur Seite stehen. Ich denke da an aschenputtelmässige Louboutins aus Kristallglas.

»Sara, heute zeige ich dir mal meine Hasen«, verkündet Heidi, und ihre Stimme klingt so, als dulde sie keine Widerrede. Sie denkt wohl, ich sei nun langsam reif für eine weitere Tierbegegnung, nachdem ich mich mit dem wuscheligen Hund Tarzan so gut angefreundet habe.
»Hasen? Kaninchen? Chüngel? Wie heissen die denn nun richtig?«, frage ich.
Das kann mir Heidi erklären: »Es sind Kaninchen. Hasen heissen die wild lebenden Langohren. Aber in der

Schweiz sagen wir immer wieder auch zu den Kaninchen Hasen, was streng genommen falsch ist. Und Chüngel ist ja nur das Dialektwort für Kaninchen.«

Aha. So ist das.

An einer windgeschützten, überdachten Wand hinter dem Haus stehen die Kaninchenkäfige.

»Zweistöckig und grosszügig«, sagt Heidi stolz. »Die hat mein Vater selber gebaut. Möglichst oft lasse ich die Tiere ins Freilaufgehege, sodass sie so richtig Platz zum Umherhoppeln haben. Sie bekommen immer frisches Gras und Heu und Äpfel und Rüebli. Sauberes Wasser muss sein. Das macht schon richtig viel Arbeit.«

Heidi winkt mich zu einem speziellen Käfig heran, den sie jetzt öffnet. Sie holt ein schwarzes, winziges Etwas heraus, und ehe ich protestieren kann, liegt es schon in meinen Händen.

»Ooohhh«, entfährt es mir gerührt.

Da liegt ein kleines Kaninchen in meinen Händen. Keine vierzehn Tage alt. Ein zartes »Fällchügäli«. Nicht mehr als ein flauschiger Furz. Jööööh! Das Tierchen ist wohl genauso erschrocken über die unerwartete Begegnung wie ich. Sein Herz rast. Ich spüre es in meinen Händen. Dieses winzige Wesen scheint fast nur aus einem grossen Herzen zu bestehen ... Es fühlt sich mir vermutlich völlig ausgeliefert, hat Angst, es ... OMG, wie peinlich: Mir laufen die Tränen runter. Ich weiss nicht,

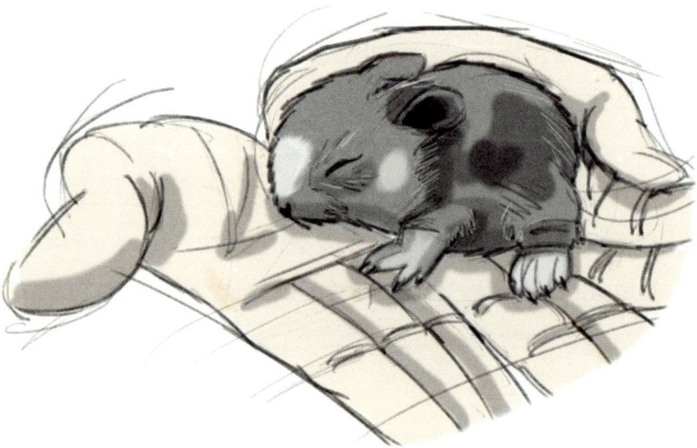

was mich an dieser Begegnung derart rührt. Es fühlt sich an, als würde ich etwas von mir selber in diesem Hasenkind erkennen. Seit meiner unfreiwilligen Ankunft in Schwyz war ich nämlich genauso hilflos, tief im innersten Innern. Nur gegen aussen bin ich cool, frech und zickig. Ich habe mir eine unsichtbare harte Schale zugelegt, und jetzt bröckelt sie, langsam, aber sicher. Vielleicht, weil ich sie nicht mehr brauche, weil ich irgendwie ankomme in dieser Innerschweiz, weil ich eine neue beste Freundin habe: Heidi Happy.

»Und am Ende kommt dieses süsse Tierchen wirklich bei euch auf den Teller?«, frage ich Heidi, sobald ich mich wieder etwas gefangen habe. »Das kann und will ich mir bitte nicht vorstellen.«
Sie nimmt mir das Kaninchen vorsichtig aus der Hand und legt es wieder zurück ins Nest, wo noch andere Winzlinge hocken. Heidi schaut mich ernst an. »Du isst doch auch Fleisch oder?«
»Ja, aber ...«
»... nein, da gibt es kein Aber. Jedes Fleischprodukt stammt von einem Lebewesen mit einem klopfenden Herzen.«
Sie hat ja recht.
»Man müsste eigentlich Vegetarierin werden«, überlege ich laut.

Heidi lacht mich aus. »Wenn schon, dann müsstest du gleich Veganerin werden. Wenn schon, müsstest du auch auf Milchprodukte und Eier verzichten«, meint sie unbeeindruckt.
»Warum?« Ihren Einwand verstehe ich nicht.
»Denkst du, die Kuh schenkt dir freiwillig ihre Milch? Sie gibt nur Milch, weil man ihr das Kalb nach der Geburt wegnimmt. Wir klauen ihr dann praktisch die Milch, die sie für ihr Kalb produziert. Und sie muss jedes Jahr kalbern, damit sie immer genug Milch hat. Es gibt also ganz schön viele Kälber, riesige Fleischberge, nur weil du Milch trinken, Joghurt und Käse essen willst. Und diese Tiere landen auch auf der Schlachtbank.«
»Oh!«
»Ich bin auf einem Bauernhof aufgewachsen. Für mich ist das alles eine Art ganz normaler Kreislauf. Wir schauen einfach, dass die Tiere wenigstens ein möglichst schönes Leben haben, solange sie bei uns sind. Das ist für uns wichtig.«
Werde ich jemals wieder Fleisch essen können, ohne an das zarte Chüngeli zu denken, das ich gerade in den Händen hielt?
»Kaninchen werden auch in Labors gehalten, und man benutzt sie als Testobjekte für alles Mögliche, vielleicht auch für deine Wimperntusche. Sie haben eine ähnliche Haut wie wir Menschen.«

»Oh!«
Das alles macht mich irgendwie traurig. Ich glaube, ich möchte nicht Tiere aufziehen, um sie dann zu töten. Andererseits sollte ich dann auch kein Fleisch essen, weil ich sonst Mittäterin bin. Eine Ernährung ohne Fleisch und Milch und Eier kann ich mir allerdings beim besten Willen nicht vorstellen. Aber bei kosmetischen Produkten darauf zu achten, dass nicht vorher an Tieren damit herumexperimentiert wurde, das ist möglich. Und Pelz würde ich ja auch nie tragen. Aber Leder schon. Schuhe und Handtaschen und Jacken.

Warum muss nur alles so schwierig und kompliziert sein? Und so traurig?
»Komm«, fordert mich Heidi auf, »zerbrich dir jetzt nicht den Kopf. Denk doch nur ab und zu über die Spitzen deiner schönen Loubies hinaus – dann machst du schon mehr als die meisten anderen Konsumenten.«

Nach dem Besuch bei den Kaninchen sitzen wir gemütlich bei Heidi in der Küche, und draussen hat es zu schneien begonnen.
Ich hasse den Winter in den Wohnquartieren.
»Wer braucht denn dieses weisse Zeug auf der Strasse? Ich sicher nicht«, meckere ich.

PANDA

»Super, es schneit endlich«, judihuit hingegen Heidi, »ich finde das cool! Im Winter gehe ich an den freien Nachmittagen und jedes Wochenende auf dem Stoos snowboarden. Mein Vater ist da oben für die Pistensicherheit zuständig, und darum habe ich einen Skipass. Du solltest einmal mitkommen, Sara, ist voll geil.«
»Ja?« Ich habe da so meine Zweifel.
»Ja, voll!« Heidi nickt eifrig.
Wenn sich unsere Freundschaft so weiterentwickelt, halte ich das durchaus für möglich. Ich habe ein Snowboard, aber ich fahre nicht so wahnsinnig gut, und darum macht es mir auch nicht besonders viel Freude.
»Ich könnte es dir beibringen. Bist du ›goofy‹ oder ›regular‹?«
»Regular.«

Ich lächle, und in meinem Gesicht bewegen sich tausend Müskeli. Aber vor allem bewegt sich etwas in meinem Herzen. Ich glaube, ich bin wirklich glücklich. Heidi Happy macht happy.
Gut, dass Heidis Vater die Slackline nun in eine halb leere Scheune umgesiedelt hat. Dort balancieren wir um die Wette und toben uns erst mal aus, während es draussen unaufhaltsam weiterschneit.
Bevor ich mich auf den Heimweg mache, legen wir uns noch fröhlich in den Schnee und hinterlassen unsere Abdrücke als Schneeengel.

Zu Hause erzählt mir meine Mum beim Abendessen, dass sie einen besonders grossen antiken Weihnachtsschmuck-Stern gekauft habe, und schimpft darüber, dass Paps ihn noch immer nicht an der Haustür montiert habe, obwohl sie ihn täglich darum bitte. Er wolle das vielleicht aussitzen und darauf warten, dass das neue Jahr komme und der Stern dann nicht mehr aufgehängt werden müsse. Ich höre nicht zu und schalte auf Durchzug. Göschenen–Airolo.
Wenn ich in mich hineinhorche, dann freue ich mich über das kleine Glück, das mir allein gehört.
Und dieses Gefühl gefällt mir.
Gut, dann lebe ich halt hier, hinter den Bergen, bei den sieben Zwergen, und meine beste (und einzige) Freundin züchtet Kaninchen. Und bringt sie anschliessend um. Sie ist eine Hasentöterin. Was solls.
Es geht mir gut.
Heidi macht mich glücklich.

In einem passenden Moment habe ich Heidi übrigens meine geheimsten Träume und Flausen anvertraut. Sie war gar nicht so überrascht darüber, dass ich gern Model werden möchte.
»Das passt zu dir, und schön genug bist du ja«, meinte sie nur. »Du bist das schönste Mädchen, das ich kenne.«

GÖSCHENEN

AIROLO

Sie fand es ganz in Ordnung, dass ich Träume habe, Flausen im Kopf. Ich bin froh, dass ich Heidi nicht mehr belügen muss. Und sie wird mein Geheimnis sicher verwahren.
BFF.
Best Friends Forever.

Ich lächle in mich hinein, als meine Mutter nun laut überlegt, wo man wohl den besten Weihnachtsbaum kaufen könne.
Ich esse ein Honigbrot und hoffe, damit keinem Tier zu schaden. Bienen? Honig? Ist das womöglich auch eine Problemzone? Muss man Bienen misshandeln, damit sie Honig liefern? Ich muss das mal googeln.
Das Leben ist gar nicht so einfach.
Vielleicht wäre Trübelikonfi gescheiter.
Draussen schneit es unaufhörlich weiter.

Z … Y … W … X … V … U … T … S … R … Q … O … P

# 12

Es gibt so viele schöne Wörter, keine Frage. Tausende? Millionen? Aber dann passiert etwas, wofür nur ein einziges Wort infrage kommt:

S U P E R ! ! !

Ja, sogar mit Grossbuchstaben muss es geschrieben sein, mit Zwischenräumen zwischen den Buchstaben. Es braucht mindestens drei Ausrufezeichen und muss allein auf einer Zeile stehen. So ist das.

S U P E R ! ! !

Also: Jetzt halte dich fest.

Darauf kommst du nie!

Das ist mehr als nur super. Das ist supereinmaligbar.

Superkrass.

Gigasuper.

Ooommm. Durchatmen. Das Abc rückwärts aufsagen.

Z – Y – X – W – V …

Jetzt kommts: Heidi hatte ein paar Fotos gemacht, als ich auf der Slackline erstmals richtig gut stehen konnte. Inzwischen kann ich bereits hin- und herbalancieren, ohne runterzufallen. Aber das nur nebenbei. Ich habe die Fotos stolz auf meiner Facebook-Seite gepostet.

… L … K … J … HI … G … F … E … D … C … B … A

Sollen doch alle sehen, wie gut ich bin und wie viel Spass man auch in einer popligen Scheune haben kann. Die Bilder wurden geliked und geliked und geliked, auch von meinen Stadtfreunden.
Aber es kommt noch besser! Da schreibt mir doch ein Florian Föhn eine PN. Er habe meine Fotos gesehen und möchte gern meine E-Mail-Adresse. Florian Föhn? Noch nie gehört. Aber ich gebe ihm meine E-Mail-Adresse. Die ist ja nicht besonders geheim.
Und dann schreibt er mir eine Mail.

Und seither drehe ich fast durch.
Halte dich fest!

Toni Garrn wurde bei einem Fest im Rahmen der Fussballweltmeisterschaft 2006 entdeckt, Cindy Crawford bei der Landarbeit, Sofia Mechetner in Paris in einer Boutique, Gisele Bündchen bei »McDonald's«, Claudia Schiffer in der Disco.
Und ich?
Auf der Slackline!
Facebook sei Dank!
Wahnsinn!
Der Oberflash!
Endsgeil!
SUPER!!!

Casting — Eingang

Von: **Florian Föhn**

Betreff: Casting

Datum: 23:10:19 MESZ

An: Sarasu@smail.net

Ausblenden

1 Anhang, 16 KB Sichern ▾ Vorschau

*Liebe Sara*

*Ich habe Ihre Fotos gesehen und suche genau nach jungen Frauen mit Ihrer Figur und Ihrem Aussehen. Ich arbeite als Fotograf mit verschiedenen Auftraggebern zusammen, die ich hier nicht nennen möchte, aber es sind grosse Modelabels unter meinen Kontakten. Gerne würde ich Sie zu einer kleinen, unverbindlichen Fotosession einladen, damit ich prüfen kann, wie Sie vor einer professionellen Kamera wirken. Je nachdem kann ich Ihnen danach mit meinen Kontakten weiterhelfen.*

*Wenn Sie Lust haben, schreiben Sie mir.*

*Florian Föhn*

*Fotograf, Modelscout*

FFF

FASHION & FOOD & FUN

Baumweg 8
6432 Rickenbach SZ

Alles scheint plötzlich so greifbar: die Flausen, die Träume, die Wünsche … Ich glaube, ich kann heute nicht schlafen. Und morgen auch nicht. Nie mehr.
Ich muss zu diesem Föhn.
Keine Frage.

Doch es gibt da noch ein gaaanz minimal klitzekleines, winziges Problemchen:
Es fängt mit E an und hört mit ltern auf.
Meine Eltern.
Shit.
Sie werden bestimmt überhaupt kein Verständnis haben, werden es mir ziemlich sicher sogar verbieten. Wenn ich jetzt aber auf eigene Faust dort hingehe und dann mit einem Millionenvertrag aufwarten kann, sieht es vermutlich ziemlich anders aus.
Gut, dass ich mit Heidi reden kann. Sie ist zwar total entsetzt, weil ich hinter dem Rücken meiner Eltern zu einem unbekannten Typen gehen will, um Fotos zu machen. Aber ich erinnere sie an meine vielen Vorbilder, die auch irgendwie »auf der Strasse« entdeckt worden sind. Und das beruhigt sie ein wenig. Ausserdem sieht sie meine Aufregung und spürt wohl, dass ich eh nicht aufzuhalten bin.
»Na gut, dann sagst du, dass du bei uns zum Abendessen eingeladen bist. Zum Käsefondue. Und dass du gleich danach heimkommen wirst. Ich bin dein Alibi.«



Hä? Wasndas?!

»Das würdest du für mich tun?!« (Diese Idee hatte ich auch schon, hatte mich nur nicht getraut, sie zu fragen.) »Ich danke dir, Heidi! Genau so machen wir das.« Ich umarme sie innig. »Du bist ein Superschatz! Danke tausend…«

Ich schreibe Föhn, dass ich gern mitmachen werde, und setze den Termin des Shootings auf Samstag um 17 Uhr an.

*Kommen Sie leger gekleidet, am besten in Jeans und T-Shirt. Ich habe jede Menge andere Sachen hier, die wir für die Aufnahmen verwenden können. Bitte seien Sie pünktlich.*

Klingt doch voll professionell. Und das Schöne dabei: Der Fotograf wohnt gar nicht weit von hier, in Rickenbach, am Baumweg 8. Da kann ich mit dem Bus hinfahren, könnte sogar zu Fuss gehen, wenns draussen nicht grad so wintern würde.
Ich drehe fast durch in den Tagen vor dem Samstag. Ein Wunder, dass meine Eltern nichts mitbekommen. Sie sind wohl zu sehr mit sich selbst beschäftigt.

Es gibt Tage, die fühlen sich extrem lange an, die dehnen sich wie ein Kaugummi, in den man an einem

schönen Sommertag getreten ist und der nun lange Fäden über den heissen Asphalt zieht. Ich kann Mum davon überzeugen, dass ein Coiffeurbesuch fällig sei, und lasse mir die Haarspitzen schneiden. Joggen gehen kann man im Moment leider nicht, weil es Tag für Tag mehr und noch mehr schneit. Ich begleite meine Mutter zweimal ins Fitnesscenter und lege mich richtig ins Zeug. Ich esse nur Grünes und Früchte, fühle mich schon fast wie ein Kaninchen. Am Samstag bin ich froh, dass meine Eltern eine Wohltätigkeitsveranstaltung besuchen, einen Zahnärzteball in Zürich, und mich noch so gern zu Heidi gehen lassen.

Ich bereite mich vor, bade in wertvollen Ölen und rieche danach wie ein Himbeerbonbon. Ich schlüpfe in meine schönste Unterwäsche, die engsten Jeans. Bevor ich das Haus verlasse, rufe ich noch bei Heidi an. Wir haben beschlossen, beide immer das Handy eingeschaltet zu lassen. Ausserdem habe ich Föhns Adresse bei Heidi hinterlegt. Er könnte ja schliesslich doch ein Mädchenmörder sein, ein Menschenmonster, ein Psycho, der mir an die Wäsche will. Der Regenmantelspanner …

Aber ich ziehe das jetzt durch. Mein Traum ist viel zu gross, als dass ich ihn von lächerlichen, kindischen Ängsten zerstören lassen würde. Im Gegenteil, ich werde jede Minute des Beginns meiner Karriere geniessen

und später in den Interviews und in meinem Buch davon erzählen.
»So fing alles an …«
Meine Biografie wird »Slackline to Paris« heissen. Zigtausende junger Mädchen werden sich davon in ihren eigenen Träumen bestärkt sehen und mutig ihren Weg gehen. So muss es doch sein. Man sollte alle Menschen ermuntern, an ihre Träume zu glauben und für sie zu kämpfen. Träume sind nicht nur Schäume!
Dream big!

Heute wird sich mein grösster Traum erfüllen. Es ist, als würde ich fliegen, als würden meine Füsse den Boden gar nicht mehr berühren. Schade, dass so viel Schnee auf den Strassen liegt. Ich muss Winterstiefel anziehen, damit mir nicht am Ende ein gebrochener Knöchel meinen Start in die Model-Branche vermasselt. Ich packe mein spektakulärstes Paar High Heels in meine grosse (von meiner Mutter geerbte) Prada-Handtasche. So nervös und aufgeregt war ich schon lange nicht mehr. Ach was: noch nie!
Wieso auch?
Hat es je einen bedeutenderen Wendepunkt in meinem Leben gegeben?

SARA.SUPER
Slackline to Paris
WÖRTERSEH

Der Umzug von Zürich nach Schwyz war dagegen ein mickriger Flohschiss. Am Ende erweist sich dieser verhasste Umzug sogar als meine Eintrittskarte ins Model-Business, als mein Weg ins Glück? Verrückt! Die Vorfreude breitet sich in meinem ganzen Körper aus. Ich bin ein wandelnder Ameisenhaufen, so hibbelig und kribbelig, wie ich mich fühle. Ich glaube, das werden heute supergeniale Fotos, weil ich von innen heraus strahle. Der Föhn wird gar keine Beleuchtung brauchen. Meine Ausstrahlung wird ihn umhauen.

# 13

Als ich vor dem Haus von Florian Föhn stehe, einem modernen Flachdachhaus am Waldrand, klopft mir das Herz bis zum Hals. FFF, steht in grossen goldenen Buchstaben auf dem Türschild und darunter als Erklärung: Fotostudio Florian Föhn. An der Hauswand leuchtet ein bunter Weihnachtsstern. Ich fühle mich wie das winzige Hasenbaby neulich in meiner Hand: ängstlich, nervös, bibbernd, aufgeregt, klein. Ich bestehe nur noch aus Herzklopfen. Mums sportliche Rolex, die vorübergehend an meinem linken Handgelenk baumelt, zeigt exakt 17 Uhr an. Ich atme mehrmals tief durch, dann drücke ich den Klingelknopf. Jetzt beginnt der erste Tag meines neuen, grossartigen Lebens, denke ich.

Ich sollte die nächsten Stunden ganz bewusst wahrnehmen und jede Minute davon abspeichern. Heute beginnt etwas Grosses.
Ui, wenn jetzt nur nicht der Kahlkopf im Regenmantel öffnet, der mir in den letzten Wochen immer wieder über den Weg lief! Plötzlich bekomme ich supermegamässig Schiss und will nur noch abhauen.
Nix wie weg hier!

Doch schon öffnet sich die Tür.
Florian Föhn.
OMG!
Er ist genau so, wie ich ihn mir vorgestellt habe: etwas jünger als mein Vater, gross, cool, gestylt, in Lederhosen und einem bunt bedruckten Hemd mit Hasen(!)-motiven. Ein Omen? Er trägt eine Hornbrille und hat seine dunklen Haare sorgfältig nach hinten gegelt. Ein schöner, gepflegter, gebräunter Mann mit einem Dreitagebart. Als er mich anlächelt, zeigt er eine Reihe strahlend weisser Zähne. Mein Vater wäre begeistert.

Er reicht mir die Hand.
»Sara Suter. Klingt schon wie ein Künstlername. Komm rein. Du kannst mich Flo nennen. Das machen alle.«
Flo?
Oder Floh?
Egal. Auch wenn er Pumuckl heissen würde: Wen interessierts?
Er ist freundlich, charmant, locker, behandelt mich wie eine Frau. Wir gehen durchs Wohnzimmer in einen

Aber Leute,
ich sags euch:
Zähne sagen nichts über den
Charakter eines Menschen aus.
Rein überhaupt grad gar nichts!
Das nur so als kleine Lebensweisheit.
Gratis. Im Buchpreis inbegriffen.

geräumigen Anbau mit grossen Fenstern, wo er sein Fotostudio hat. An den Wänden hängen gerahmte Fotografien, Kunstwerke von Flo: die Mythen in speziellem Licht, der Schwyzer Hauptplatz an einem verschneiten Morgen, der Lauerzersee im Abendrot. Vergebens halte ich nach berühmten Models Ausschau, dafür gibts zwei, drei unbekannte Schönheiten, die in sexy Unterwäsche verträumt in die Kamera liebäugeln.

Flo führt mich zur Garderobe und fragt: »Wollen wir gleich loslegen? Ich würde gern, wenn es dir nichts ausmacht. Ich bin total gespannt, wie du auf Fotos rüberkommst.«

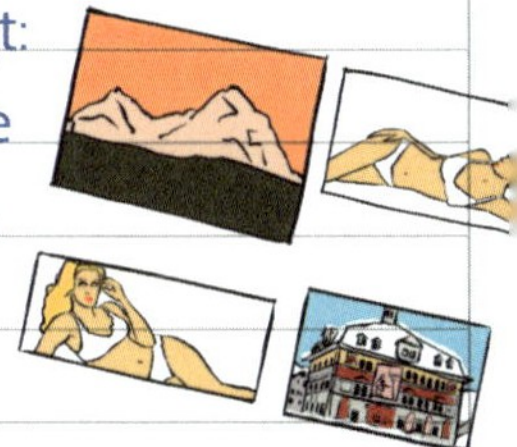

Ich auch.

Schnell hänge ich die Jacke auf, schlüpfe in die Loubies. »Setz dich auf das Sofa dort und bleib relaxed!«, weist mich Flo an, als ich aus der Garderobe zurückkomme. »Versuch, ein wenig zu posieren. Wechsle deine Stellungen, deinen Gesichtsausdruck. Probiers mal ohne meine Anweisungen. Ich habe das Gefühl, du bist ein Naturtalent.«

Ich setze mich vorsichtig auf das elegante Möbelstück und versuche, mich an die Anweisungen der Fotografen bei »Germany's Next Topmodel« zu erinnern. Während Flo mit seinen Kamera- und Lichteinstellungen beschäftigt ist, fragt er mich beiläufig nach meinem genauen Alter und ob meine Eltern wüssten, wo ich sei. Ich lüge und sage, meine Eltern wüssten Bescheid, aber ich glaube, er hat mein Zögern bemerkt und meine Lüge durchschaut.

»Schon gut. Wenn sie die Fotos dann sehen, werden sie begeistert sein.«

Hoffentlich.

Flo macht gefühlte tausend Fotos. Im Hintergrund läuft die brandneue Weihnachtslieder-CD von Jasmin Janser, die meine Mutter schon die ganze Zeit zu Hause frohlocken lässt. Ein eigenartiger Soundtrack für ein Shooting. Es ist, als wäre Johnny Depps Mutter auch hier. Nie hätte ich gedacht, dass ein cooler Fotograf solche Musik hört, Weihnachten hin oder her.

*Stille Nacht, heilige Nacht …*

Aber auch das kann mich im Moment nicht irritieren. Ich werde immer lockerer, lege mich ins Zeug (beziehungsweise ins Sofa), werfe meine Haare herum, lächle, manchmal auch etwas lasziv, strahle, schaue ernst oder cool, von unten herauf, von oben herab, präsentiere mich von allen Seiten, von vorn und von hinten und lasse meine schönen Zähne blitzen.

*Christ, der Retter ist da-ha …*

Flash.

Flash.

Flash.

Es blitzt wie bei einem Sommergewitter über den Mythen. Der Stern von Bethlehem ist ein Nichts dagegen. Ich bin richtig gut. Muss ich auch sein. Wenn ich das hier vermassle, werde ich es mir mein Leben lang nicht verzeihen. So eine Chance bekomme ich doch nicht noch einmal.
»Sehr gut. – Weiter so. – Du machst das richtig gut. – Genau so. – Grossartig. Smile. Smile. Yeah. Smile.«
Flos Kommentare spornen mich an. Das ist mein Leben! So hatte ich mir das vorgestellt!
Meine Fantasie kennt keine Grenzen. Jetzt oder nie. Ich sitze und stehe, hüpfe und springe, knie und lege mich sogar auf den Studioboden und auf die Rückenlehne des Sofas. Ich turne und tanze und drehe mich wie ein Kreisel.
*Oh, du fröhliche ...*
Knips.
Knips.
Knips.

»Jetzt machen wir kurz Pause«, erklärt Flo plötzlich. Schade. Das war wie ein fröhlicher Rausch. Endlich mache ich das, was ich will, was ich kann, wofür ich geboren wurde.
»Hat es Spass gemacht?«, will der Fotograf wissen. Ich erkläre ihm, dass ich schon lange davon träume, Model zu werden, und wie glücklich es mich macht, jetzt eine

Chance zu bekommen. »Es hat unglaublich viel Spass gemacht. Danke«, sage ich höflich.
Er zeigt mir ein paar Bilder am Computer.
Umwerfend!

Ich bin voll geflasht!
Es ist, als wäre jetzt schon Weihnachten.
Ein besonders schönes Weihnachtsfest, nur ganz allein für mich.
Super!
So professionelle Fotos von mir zu sehen, das ist der Hammer. Klar, einige sind nicht zu gebrauchen, das sehe sogar ich. Ich bin manchmal etwas steif, komme ungelenk rüber, habe teilweise unmögliche Posings gemacht, die lächerlich wirken. Auf einigen Bildern sind meine Augen geschlossen, wirkt das Gesicht wie versteinert. Das ist ja auch mein erstes Shooting. Trotzdem: Es sind viele grossartige Fotos dabei. Bei »Germany's Next Topmodel« wäre ich jetzt auf jeden Fall eine Runde weiter.
Flo ist allerdings nicht so begeistert, wie ich erwartet hätte.
»Die Aufnahmen sind gut, keine Frage. Du bist ein Megatalent. Aber sind sie gut genug? Du weisst, das Bessere ist der Feind des Guten!«
Er legt seine Stirn in Falten und schüttelt nachdenklich den Kopf.

*... freue, freue dich, o Christenheit ...*
Kein Grund zur Freude und Fröhlichkeit für mich.
Ich erstarre total, bin kurz vor einem Herzstillstand.
Es kann und darf auf keinen Fall sein, auf ganz und gar überhaupt keinen Fall, dass mein Traum hier und heute stirbt, weil ich nicht gut genug bin.
»Ich weiss, dass du mehr draufhast.«
»Gib mir bitte noch eine Chance!«, flehe ich den Föhn an. »Hilf mir. Ich mache alles, was du sagst.«
»Aha? Alles?«, fragt Flo zweifelnd.
Er zweifelt? Ich würde aus dem Fenster springen, wenn er es mir befehlen würde. Ich würde jede Dschungelprüfung auf mich nehmen, die ekligsten Kakerlaken runterwürgen, ohne mit der Wimper zu zucken.
»Bist du wirklich bereit, einen Schritt weiter zu gehen? Hast du das Model-Gen in dir?«, fragt er, und es wirkt so, als möchte er eigentlich lieber gleich aufhören und mich heimschicken.
»Sicher, ich bin bereit«, erkläre ich und unterstreiche das mit einem kräftigen Nicken. »Sag mir, was ich tun soll, und ich tus.«
Ich will. Ich bin ready. Und wie.
Er mustert mich misstrauisch, dann schaut er wieder auf seinen Computer und sagt beiläufig: »Dann – zieh dich aus!«
»Was?!«, entfährt es mir.

Flo schaut auf und lächelt mich an.
»Ganz cool bleiben. Ich mache keine Nacktbilder. Ich bin ein Profi, nicht irgend so ein Dreckstyp. Aber Unterwäscheaufnahmen sind nichts Unsittliches. In Unterwäsche gehen ja sogar die Schweizer Missen bei der Wahl über den Laufsteg. Ich hätte noch ein paar zarte Seidenteile im Schrank, falls deine Wäsche nicht fotogen genug ist, das muss dir nicht peinlich sein. Schau dir die Mädchen hier hinten an der Wand an. Ist doch alles total sauber gemacht.«
Meine Unterwäsche ist wunderschön, keine Frage. Das ist sicher nicht das Problem. Die Frage ist viel mehr: Will ich? Kann ich? Soll ich? Muss ich?
»Mädchen, wenn das nicht geht, dann ist das kein Problem. Vielleicht bist du noch zu jung oder willst die Karriere auch nicht so unbedingt. Ich verstehe das. Es ist halt nur so, dass ich meinen Kunden etwas mehr von dir zeigen müsste. Die wollen professionelle Bilder sehen, auf denen man einen kompletten Eindruck bekommt. Die wollen nicht die Katze im Sack kaufen. Tja, sind halt eine andere Liga. Aber ich weiss, das ist nicht leicht für eine so junge Anfängerin. Du musst das nicht tun. Ich dachte, du wolltest Model werden.«
Er steht auf, als wollte er das Shooting hier und jetzt abbrechen.
*Vom Himmel hoch, da komm ich her …*

OMG. Ich bin gerade dabei, mir das allerallergrösste Weihnachtsgeschenk ever, das nur ich selber mir machen kann, total und für immer zu versauen.

»Überlegs dir. Ich gehe mal rüber und hole mir einen Kaffee. Soll ich dir eine Cola light mitbringen? Cola light macht weniger breit!«, witzelt er.

Ich nicke.

Und dann fange ich an, mich auszuziehen. Was bleibt mir anderes übrig? Meine Hände zittern. Es fühlt sich einfach nicht richtig an. Aber weiss ich, wie die Gefühle meiner Model-Vorbilder waren bei ihrem ersten Fotoshooting? Ich stehe in meiner weissen Spitzenunterwäsche da, als Flo wieder zurückkommt. Er reicht mir die Cola, und während ich trinke, mustert er mich.

»Gut gemacht, Kleines. Ich dachte mir doch, dass du das willst. Du bist wunderschön. Du hast einen sehr weiblichen Körper für dein Alter. Es wäre eine Schande, das einem möglichen Auftraggeber nicht zu zeigen.«

Flo legt ein grosses Fell auf das Ledersofa. Hier solle ich mich nun räkeln, recken und strecken.

*Süsser die Glocken nie klingen …*

Ich versuchs.

Ich gebe mir Mühe.

»Hallo? Versuch wenigstens, so zu tun, als würde dir das Spass machen! Und hör auf zu zicken!«, ruft mir Flo ungehalten zu.

Flash.
Flash.
Flash.
Irgendwann fängt Flo an, mir ganz klare Anweisungen für Positionen zu geben. Ich schalte mein Denken ab. Ich mache wie hypnotisiert, was er sagt. Ich funktioniere. Es geht schliesslich um meinen Traumjob. Ich beuge mich nach vorn, nach hinten, strecke sogar meinen halb nackten Hintern in die Kamera.
»Mach ein hohles Kreuz, streck den Po raus! Ja, so ists geil. Schau verliebt in die Kamera.«
Knips!
»Ja, so!«
Knips!
»Cool!«
Knips!
»Heiss!«
Knips!
»Genau so muss es sein. Ich wusste, dass du das draufhast. Supergeil!«
Immerhin höre ich jetzt wieder ein wenig Begeisterung aus seiner Stimme. Das motiviert.
»Zeig mir dein Bauchnabel-Piercing!«
Knips.
Knips.
Knips.

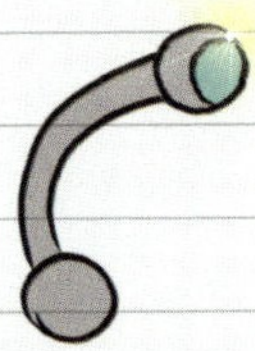

Und dann, gerade als Jasmin Janser »Lasst uns froh und munter sein« anstimmt, will Flo, dass ich jetzt ganz langsam, extrem langsam, meinen BH ausziehe.
»Ich will deine Brüste sehen!«
Was?!
Wie bitte?!
»Jetzt komm schon, zieh ihn aus. Jetzt mach, sonst ist der ganze Flow im Eimer. Los jetzt, runter mit dem Teil.«
Ich taste nach dem Verschluss auf meinem Rücken.
Flo blitzt, was das Zeug hält.
Wetterleuchten über den Mythen.
Gerade als ich die Träger abstreifen will, komme ich zur Besinnung.
Nein.
Halt.
Stopp.
Was tue ich denn da?!
Mich ausziehen?
Habe ich das nötig?
NEIN!
Niemals.
Jetzt ist Schluss.

Schlagartig wird mir klar, dass ich in der Scheisse stecke. Tief drin. Bis zum Hals. Ich bin in Gefahr. Ich habe

Angst. Richtig heavy Angst! Und ich bin enttäuscht, grenzenlos und abgrundtief enttäuscht. Dieses Shooting hat mich meinem Traum keinen Millimeter näher gebracht. Ganz im Gegenteil. Der Föhn hat ganz andere Absichten, als mich zu einem Topmodel zu machen. Ganz andere! Ich fühle, wie sich meine Wimperntusche auflöst.

*Lustig, lustig, tralalalala ...*

Die Tränen kullern mir über die Wangen, ich kann sie nicht aufhalten. Ich presse meinen BH an den Körper. Ich sehe kaum mehr aus den Augen. Wie durch einen Film realisiere ich, wie der Föhn entschlossen auf mich zuschreitet. Er will mir den Arm um die Schultern legen und mich »beruhigen«.

»Fassen Sie mich nicht an!«, kreische ich. »Gehen Sie weg!«

Ich stosse den grossen Mann mit aller Kraft von mir weg, ducke mich blitzschnell und flüchte durch ein Gestrüpp von Scheinwerfern und Kabeln panisch in Richtung Garderobe.

Er hinter mir her.

Ich eiere auf den extrem hohen Absätzen durch den Raum, stolpere, falle um ein Haar hin, erreiche dann aber doch den kleinen Raum mit dem Schminkspiegel.

Krawumm!

Tür zu.

Zum Glück steckt ein Schlüssel im Schloss,
ich drehe ihn um. Einmal. Zweimal.
In Sicherheit!
Aber wie lange?
Während ich in meiner Handtasche nach dem Handy wühle, hämmert der Fotograf an die verriegelte Garderobentür.
»Mach auf, du dumme Bitch, und komm raus, damit wir weiterarbeiten können. Was denkst du dir eigentlich, meine kostbare Zeit mit solch kindischen Mätzchen zu stehlen? Das habe ich nicht nötig, ich bin ein Star!«
Ich zittere am ganzen Körper, als ich das Handy endlich in der Hand halte und Heidis Nummer eintippe.
»Heidi, Hilfe. Er will – er will Nacktaufnahmen von mir machen. Ich konnte in die Garderobe flüchten und …«
»Ich ruf die Polizei!«, sagt Heidi.
»Nein, dann erfahren ja meine Eltern alles, und ich muss nach Genf ins Internat.«
»Dann bleib, wo du bist! Ich organisiere Hilfe.«
Sie hängt auf, und mir fällt ein Stein vom Herzen. Zwar nur ein kleiner. Aber immerhin. Ich vertraue Heidi voll und ganz. Keine Ahnung, was sie tun wird, aber sie wird mir helfen. Das weiss ich. Sie ist meine beste Freundin.
Ich schaue mich in der Garderobe um. Ein schmaler Tisch, eine Schachtel Kleenex, eine Packung Feuchttüchlein, ein Schminkspiegel, ein Lavabo, Handtücher,

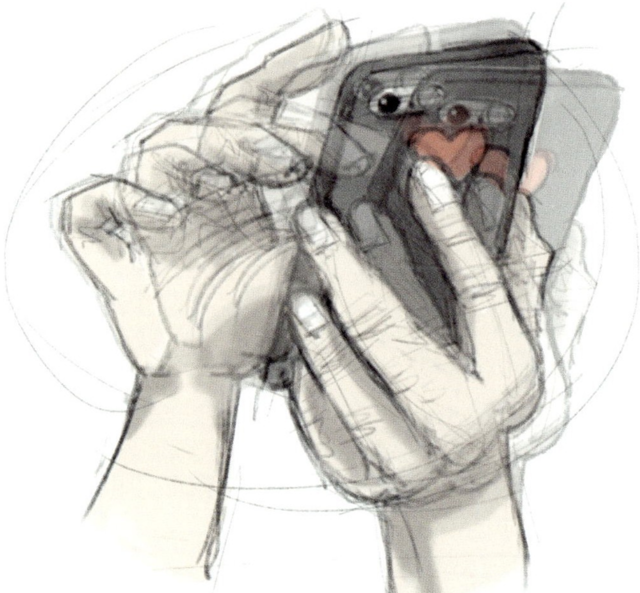

zwei Stühle, aber nirgends ein Fenster. Ich sitze in der Falle.
Draussen tobt der Föhn, der jetzt zu einem wilden, eisigen Gewittersturm geworden ist.
»Du kannst dich ruhig dort drinnen verbarrikadieren, du kleine Schlampe, aber ich habe Zeit. Überleg dir mal, wie du aus dem fensterlosen Raum flüchten willst, du prüde Markentussi. An mir führt kein Weg vorbei – wenn du ein Model werden willst!«
Und dann lacht er ein raues, schmutziges Lachen.
Ich schaue in den Spiegel und sehe alles andere als ein zukünftiges Topmodel, sehe nur ein kleines, verzweifeltes, verschrecktes Mädchen mit verheulten Augen und hässlichen, schwarzen Tränenspuren, die traurig von den Lidern über die Wangen laufen. Ich schaue mich eine Weile an und schäme mich. Kurz versuche ich, meine Mundwinkel zu einem Lachen zu überreden. Aber sie zittern nur erbärmlich. Ich verkrieche mich in die hinterste Ecke der Garderobe, kauere mich auf den Boden, umfasse mich schützend mit beiden Armen und wimmere vor mich hin.
Das Leben ist so gemein!
Und ich bin so unglaublich naiv!
Ich habs voll verpeilt!
Voll!
Das Handy vibriert. Heidi. Gott sei Dank.

»Wir sind unterwegs!«, ruft Heidi ins Telefon. »Mein Vater fährt mit dem Traktor, er hat sich nicht einmal die Zeit genommen, den Schneepflug abzumontieren. Immerhin hat er ihn jetzt angehoben, damit wir schneller bei dir sind. Halt durch, in fünf Minuten sind wir da!«
Ich bin so froh.
Jetzt weine ich vor Erleichterung.
Es dauert dann aber doch noch eine gefühlte Ewigkeit, bis die beiden mit ihrem Traktor hier sind. Gefühlte Jahre.

Meine Mum sagt immer, dass sie, wenn mein Vater so alt ist, wie die letzten beiden Ziffern ihres Jahrgangs lauten, so alt sein wird wie die letzten beiden Ziffern, die seinen Jahrgang angeben. Sie ist eine 1977erin und er ein 1969er. In dem Jahr, in dem er 77 wird, feiert sie ihren 69. Geburtstag. Lustig, gell. Aber das sei bei allen Paaren so. Vom Prinzip her. Ich habe Jahrgang 2003, wenn ich 77 bin, würde meine Mum 103 Jahre alt werden. Wahnsinnig.

Das Gedankenexperiment verkürzt die Zeit, der Umgang mit Zahlen beruhigt. Manchmal zähle ich auch nur rückwärts, wenn es mir richtig schlecht geht oder ich dabei bin, die Nerven vollends zu verlieren.

Draussen beim Lustmolch liegen meine Klamotten. Meine Jeans und mein Top. Zum Glück habe ich die

Moncler-Daunenjacke in der Garderobe gelassen. So habe ich jetzt wenigstens *etwas* zum Anziehen. Trotzdem friere ich wie ein ausgesperrter Hofhund. Innerlich und äusserlich. Es schüttelt mich geradezu.
*Leise rieselt der Schnee …*
Bei mir in der Garderobe rieselt Jasmin Jansers Stimme über die Lautsprecher. Ich werde sie nie mehr ihre Lieder trällern hören können, mein ganzes Leben lang nicht, ohne diesen ekligen Flo vor Augen und in den Ohren zu haben, ohne mich als Häufchen Elend zu sehen.
Ich singe leise mit. Das tut mir gut. Doch es klingt fast genauso wie mein jämmerliches Wimmern von vorhin.
*… freue dich, Christkind kommt bald …*
Völlig schräg. Ich sitze halb nackt in einer Garderobe fest und singe mit Johnny Depps Mutter Weihnachtslieder. Das ist nun aus meinem grossen Traum geworden: ein ausgewachsenes Drama.

Mein Handy vibriert wieder.
»Wir sind da.«
Erleichtert höre ich Heidis Stimme.
Im selben Moment dudelt die Haustürglocke eine läppische Melodie.
Da sind sie. Gott sei Dank!
Nichts ist passiert.

Überlebt!
Fast wage ich, wieder richtig durchzuatmen.
Abermals das einfältige Gedudel an der Haustür.
»Was ist eigentlich los!?«, schreit Flo und hebelt wie wild an der Klinke. Dazu wummert er mit seiner Faust wie blöd gegen die Tür. »Ist das etwa dein Vater da draussen? Sag, spinnst du?! Hast du ihn angerufen, du Schlampe?« Der Föhn tritt wütend mit den Füssen gegen die Tür.
Dann geht das Licht aus.
Mir wird schwarz vor Augen.
Jemand hat wohl den Hauptschalter gedreht.
Gleichzeitig lässt mich ein lauter Knall zusammenzucken. Ich höre das Splittern von Fensterglas und das nagelnde Scheppern eines schweren Dieselmotors.
Es klingt für mich wie allerschönste Weihnachtsmusik.
Ich meine sogar, den Motor zu riechen.

Heidis Vater muss tatsächlich mit seinem Traktor voll durch Föhns Garten und ohne Rücksicht auf Verluste durch eines der drei grossen Fenster ins Studio gedonnert sein. Ich höre Schreie und Schritte. In der Garderobe ist es noch immer schwarz wie in einer Kuh.
Sekunden später ruft Heidi: »Mach auf!«, und poltert an die Garderobe. Ich drehe den Schlüssel und reisse die Tür auf. Gerade rechtzeitig zum grossen Showdown.

»Du hast wohl eine Wand draussen, du Arschloch!«, brüllt der Fotograf.

»Wohl eher du«, entgegnet Heidis Vater trocken, »und jetzt nimmst du deine Schmierfinkpfoten hoch, du Stinkfinger!«

»Jetzt werd mal nicht frech, du Glunggepuur, das hier wir dich ein Vermögen kosten!«

Aber halt, was passiert da?! Erst jetzt sehe ich, dass Heidis Vater ein Gewehr dabeihat, dessen Lauf er nun auf den verdatterten Föhn richtet.

»Hände hoch! Oder soll ich dir etwa deinen Zipfel wegschiessen?!«

Der Fotograf gehorcht entsetzt und meckert etwas von Hausfriedensbruch und Schadenersatz, von London, Paris und von Polizei.

»Ja, das mit der Polizei ist eine gute Idee, eine sehr gute sogar. Du scheinst ja nicht die hellste Lampe im Studio zu sein. Aber bitte, wenn du willst … Heidi, ruf Wachtmeister Inderbitzin an – du findest ihn im Adressbuch unter Indi –, der kommt sicher besonders gern zu so einem Charakterlumpen wie dem da!«

Noch bevor Heidi die Nummer anrufen kann, und noch bevor ich auf die schwierige Situation hinweisen kann, in die ich dadurch gegenüber meinen Eltern kommen werde, fleht der Föhn: »Halt! Nicht die Polizei! Das

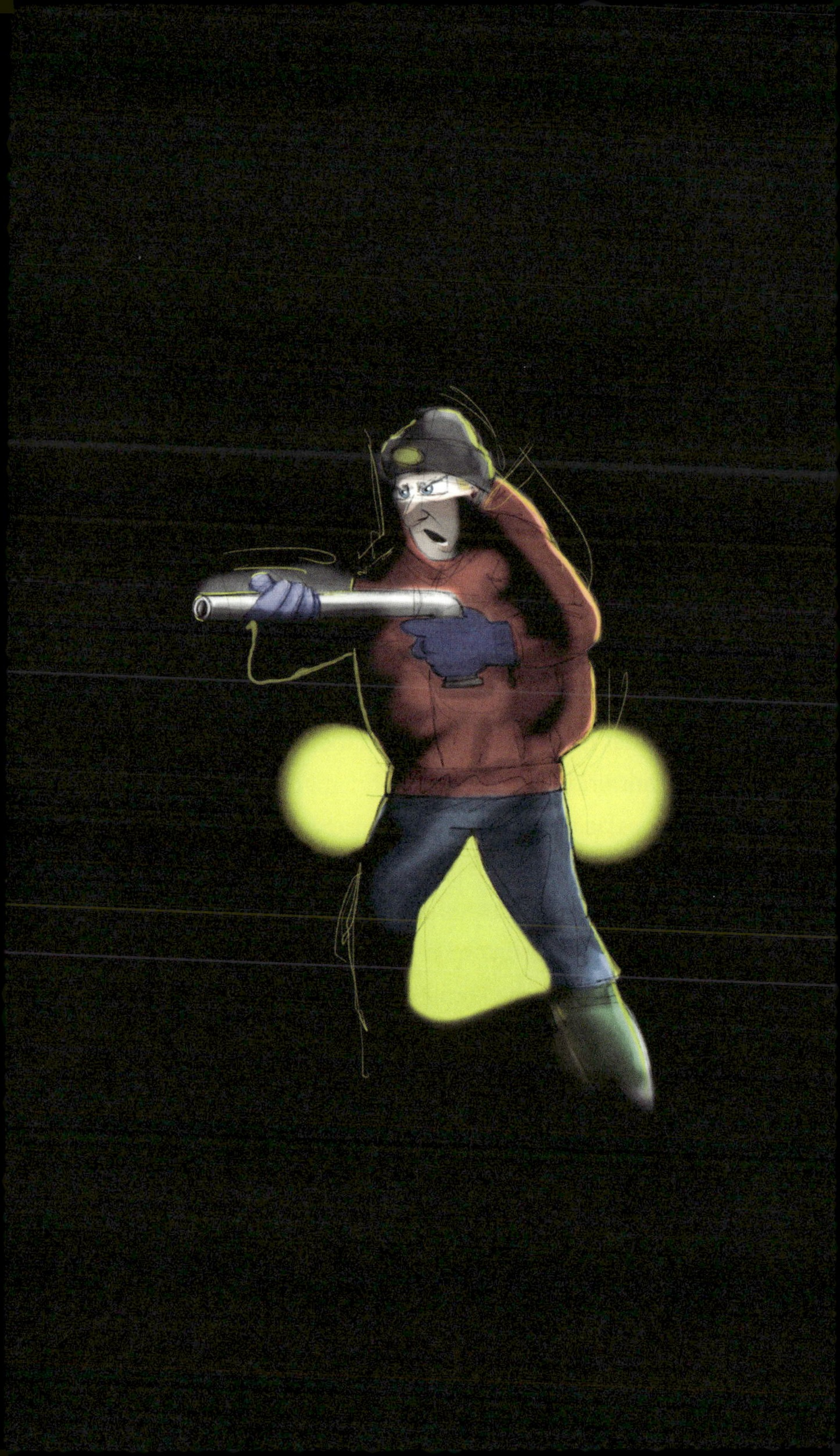

können wir doch privat regeln. Wir sind ja alle erwachsene Menschen!«

Ich atme auf.

Zu früh.

»Ja, ›privat regeln‹, das sieht dir ähnlich, du glatte Siech, das hättest du wohl gern. Das Gegenteil wird der Fall sein. Und jetzt drehst du dich erst mal schön brav um. Hände an die Wand! Und wehe, du machst eine falsche Bewegung.«

Die Szene ist völlig absurd. Die beiden schweren Scheinwerfer des noch immer rasselnden Traktors tauchen das Fotostudio in ein gespenstisches Licht. Der Föhn klebt an der Wand, und Heidis Vater beginnt, an der Kamera herumzufummeln.

Was will er damit? Den Föhn ablichten?

Aber nein, er fingert den Chip aus der Kamera und steckt ihn ein.

Nun reicht ihm Heidi das Handy rüber, und ihr Vater plaudert locker, als ob nichts passiert wäre, mit Wachtmeister Inderbitzin: »Indi, hast du schon gegessen? – Ah, das ist gut. Ich hab ein super Dessert für dich.«

»Mach dir keine Sorgen«, flüstert mir Heidi zu. »Inderbitzin ist Papas Jasskumpel. Er ist Wachtmeister mbV. Weisst du, was das heisst? Wachtmeister **mit besonderer V**erantwortung.«

Na super. Natürlich mache ich mir Sorgen. Ich weiss, dass Wachtmeister Polizei bedeutet, mbV hin oder her. Nicht auszumalen, was meine Eltern mbV sagen werden!
»Nein, nicht Vermicelles, ich hab dir ein schönes Früchtchen. Einen Glüschtler, auf frischer Tat ertappt!«
Wachtmeister Simon Inderbitzin scheint verstanden zu haben, möchte aber offenbar zuerst noch fertig essen. Jedenfalls ruft Heidis Vater jetzt eindringlich ins Telefon: »Nein, kommt sofort! Es ist saukalt hier, ein Fenster ist offen und lässt sich nicht mehr schliessen …«
Er zwinkert mir zu und konzentriert sich dann wieder auf den Fotografen. Noch immer drückt er ihm den kalten Lauf des Gewehrs in den Rücken … aber halt: Das ist ja gar kein Gewehr! Erst jetzt sehe ich, dass Heidis Vater ein gewöhnliches altes Eisenrohr in der Hand hält. Irgendwie erleichtert, balanciere ich durch die Trümmer des Fotostudios, schnappe meine Jeans, das Top und den Pulli. Doch das Anziehen stellt sich als richtig schwierig heraus. Ich zittere noch immer am ganzen Körper. Erschwerend kommt hinzu, dass ich erst beim zweiten Anlauf daran denke, meine Jeans anzuziehen, *bevor* ich in die Winterschuhe schlüpfe.

Während ich mich angezogen habe, hat Heidis Vater den Föhn mit einem der herumliegenden Kabel gefesselt.

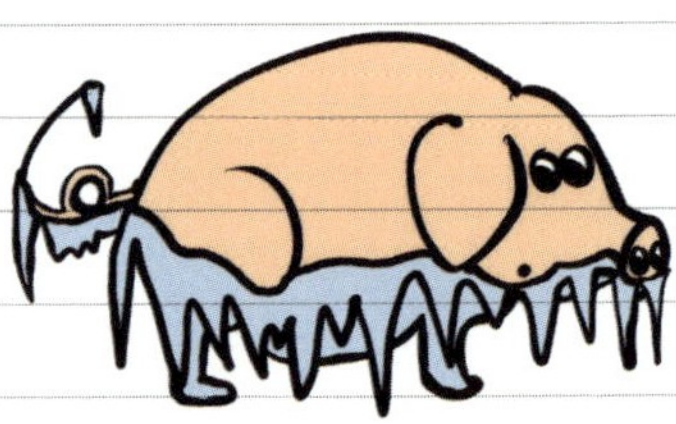

Heidi umarmt mich.
»Ey, Sara, bin ich froh, dass dir nix passiert ist!«
»Ja, ich auch, aber ich bin ja so was von superdoof!«
Heidis Vater bestätigt meine Erkenntnis und meint dann freundlich: »Darüber sprechen wir später. Jetzt erledigen wir erst mal den offiziellen Teil der Party.«
Er schaut mich prüfend an. »Hat er dich angefasst?«
Ich starre stumm vor mich hin, kämpfe mit den Tränen.
»Hat er dich angefasst?«, fragt er noch einmal besorgt. Diese Frage scheint ihm sehr wichtig zu sein.
Ich schüttle den Kopf. »Nein, ich glaube, er wollte mich bloss irgendwie beruhigen, als ich Angst bekam. Ich weiss nicht. Er wollte wohl nur den Arm um mich legen.«
»Sicher? Dann hat er Glück gehabt«, erklärt Papa Heinzer und schickt Föhn einen ganz finsteren Blick zu.
»Das kommt dich teuer zu stehen, du Güllewixer!«, schimpft dieser. »Du hast mir die ganze Glasfront kaputt gemacht, den Boden, den Garten, den Rasen. Und die Scheinwerfer! An dieser Rechnung wirst du noch lange, lange zu nagen haben. Kommt die Freiheitsberaubung hinzu und die Bedrohung mit einer Pumpgun! Ich habe einen guten Anwalt. Er wird dich fertigmachen. Ich hole die Polizei!«
»Traritrara, die Polizei ist schon da. Super Timing«, frohlockt Wachtmeister Inderbitzin, der soeben durch die demolierte Fensterfront hereingestiefelt kommt.

»Hilfe, Herr Inspektor, ich wurde mit einem Gewehr mit abgesägtem Lauf bedroht! Das war ein Überfall, zum Glück sind Sie gekommen, ich …«, versucht es der Gefesselte mit einer wilden Verdrehung der Tatsachen.
»Der Reihe nach«, unterbricht ihn der Wachtmeister mbV, »Herr Heinzer hat mich gerufen. Inderbitzin ist mein Name. Und wer sind Sie?«
»Föhn, Florian Föhn, ich bin Fotograf, und dieser Bauerntrampel ist hier eingedrungen und hat mich mit einer Pumpgun bedroht!« Hasserfüllt starrt der Fotograf Heidis Vater an.
»Tut mir leid, Herr Föhn, ich sehe nirgends eine Pumpgun«, entgegnet Inderbitzin locker und schaut sich neugierig um.

»Doch! Da! Da drüben auf dem Sofa. Sehen Sie, da blitzt der Lauf, da, dort drüben!«

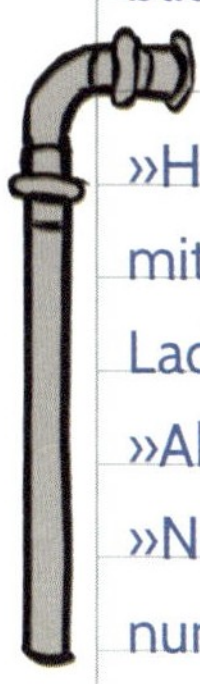

Inderbitzin geht zum Sofa und hebt das Teil auf.
»Herr Föhn, das ist ein ganz normales Heizungsrohr mit Krümmer.« Nur mit Mühe scheint der Polizist ein Lachen zu unterdrücken.
»Aber, da *war* eine Pumpgun!«, kreischt Föhn.
»Nehmen Sie Drogen, Herr Föhn?«, fragt Inderbitzin nun stirnrunzelnd.
In diesem Moment betritt eine Polizistin, die Inderbitzin offensichtlich zur Verstärkung aufgeboten hat, das Trümmergebiet.

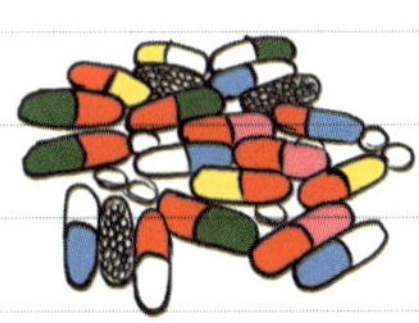

POLIZEI
POZILEI

»Sorry, der Schnee, es ging nicht schneller«, sagt sie anstelle einer Begrüssung. »Oh, soll ich die Schuhe ausziehen? Ich meine, ich mach ja alles ganz nass.«
Wachtmeister Inderbitzin verdreht die Augen und zeigt mit dem Heizungsrohr auf den gefesselten Fotografen. »Lass uns gleich mit der Protokollierung der Fakten beginnen. Das muss jetzt alles extrem zügig gehen. Ich habe Gäste zu Hause.«
»Verstanden«, antwortet die Beamtin und streicht sich eine blonde Strähne aus dem Gesicht. »Ich komme auch grad vom Essen. Pouletschänkeli, das Kilo für fünfzehn Franken. Schweizer Qualität. Kriege ich immer von meinem Vater. Schmecken super.«

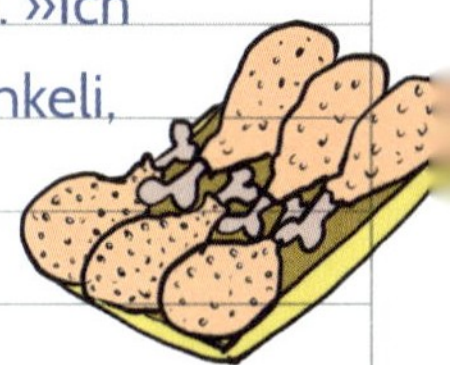

Super, ich glaub, ich bin im falschen Film: Wie redet die denn übers Essen? Ob ihr Vater Metzger ist? Aber immerhin verwendet sie das »Unwort«, und sie packt an. Ratsch, ratsch hat sie dem »Starfotografen« Florian Föhn Handschellen angelegt und beginnt mit seiner Befragung.
Simon Inderbitzin verabschiedet derweil meine Retter und mich. »Deine Koordinaten habe ich ja«, sagt er zu Heidis Vater, »und die Aussage der jungen Dame nehmen wir dann am Montag auf dem Posten auf.«
Er schaut mich streng an. »Du hörst von uns.«
Papa Heinzer, Heidi und ich zotteln zum Traktor.

»Wo ist denn hier der Lichtschalter?«, höre ich Inderbitzin noch meckern, »wenn der Traktor weg ist, wirds hier dunkel wie in einem Gnu.«

Wir klettern in die Fahrerkabine des Traktors, und vorsichtig fährt ihn Heidis Vater rückwärts aus dem verwüsteten Fotostudio, wendet in einem weiten Bogen im Garten, und dann fahren wir davon. Die grossen Räder des Traktors hinterlassen tiefe Spuren im Schnee. Heidi hat ihren Arm um mich gelegt.

Wir sitzen in der engen Kabine, eingequetscht wie atlantische Ölsardinen, und doch ist es irgendwie gemütlich.

Ich schluchze leise vor mich hin.

»Hat er dich wirklich nicht angefasst?«, will Papa Heinzer noch einmal besorgt wissen.

»Nein. Ich bin nur einfach so froh und erleichtert«, erkläre ich mein Rumgeheule und mein Zittern. Und alle paar Minuten sage ich: »Danke!«

# 14

Heidis Mutter, ihr Bruder Hausi sowie der ungestüme Hund Tarzan stehen vor dem Haus, als wir ankommen. Heidi hatte ihnen die turbulente Rettung gesimselt, sogar ein Foto von der Verwüstung geschickt. Jetzt wollen sie alle Details wissen, erfahren, was los war. Aber der Papa befiehlt Heidi, mich erst mal mit einer heissen Bettflasche für eine Weile in ihr Bett zu stecken und dort auf mich aufzupassen. Meine Freundin kümmert sich megalieb um mich und hört mir zu, wie ich mir alles vom Herzen weine, wieder und wieder. Sie verurteilt mich nicht. Sie legt sich neben mich aufs Bett und ist da.

»Was nun? Was passiert, wenn ich auf dem Polizeiposten war? Was werden meine Eltern sagen? Jetzt muss ich ganz sicher nach Genf«, jammere ich, als ich wieder vorwärtsdenken kann.

»Deine Eltern werden glücklich sein, dass dir nichts passiert ist«, beruhigt mich Heidi. »Vergiss nicht, du bist das Opfer, nicht die Täterin.«

»Mhm«, schniefe ich und versuche, mir vorzustellen, was danach abgeht bei uns.

Genf?

Genf! Geneva. Genève.
Ich kann nur noch an Genf denken.
Dschi-ni-wa, wie meine Schwester Sonja es genüsslich auf Englisch statt auf Französisch sagt.
Mein Vater wird völlig ausrasten.

Heidis Mama bringt uns eine Tasse heisse Schoggi und mustert mich kritisch.
»Es geht mir gut«, sage ich zu ihrer Beruhigung.
Sie streicht mir übers Haar, und schon muss ich wieder weinen.
»Gibst du mir bitte die Handynummer deiner Mutter?«, fragt sie mich.
Was bleibt mir schon anderes übrig? Ich gebe ihr die Nummer.
»Meine Eltern sind an einem Ball«, sage ich noch. »Das ist schon in Ordnung«, meint Heidis Mama.
Uiuiui.
Ich stelle mir grad vor, wie meine Eltern mit Doktor Sowieso und Gattin an der eleganten Tafel sitzen, und dann kommt dieser Anruf.
Uiuiui.
Wenn ich Glück habe, hat meine Mum ihr Handy ausgeschaltet oder ist grad am Tanzen, wenn es klingelt.
Wenn ich Glück habe. Aber heute ist wohl nicht einer

meiner glücklichsten Tage. Sie werden doppelt verärgert sein, wenn ich ihnen auch noch den Ball versaue. Uiuiui.

Meine Gedanken drehen sich nur noch um den Ärger, den ich meinen Eltern bereite, und die Angst vor Papas Wutausbruch. Ich will nicht schon wieder umziehen! Ich will nicht nach Genf!

Aber irgendwann, als die extreme Anspannung nachlässt und ich endlich wieder warm habe, bin ich nach der ganzen Aufregung nur noch müde und schlafe tatsächlich ein, einfach so, im fremden Bett, vermutlich, weil es halt doch kein fremdes Bett ist, weil Heidi neben mir Wache hält und Tarzan zu meinen Füssen liegt und schnarcht.

Ich rieche sie, bevor ich sie sehe und bevor ich richtig wach bin. Meine Mum. Ein schönes Gefühl. Manchmal bin ich gern noch ein Kind, auch wenn ich schon dreizehn bin. Sie sitzt an meinem, also an Heidis Bett. Im Ballkleid. Papa steht schweigend im Türrahmen.

»Mum!«

Sie nimmt mich in die Arme.

»Es tut mir sooo leid«, entschuldige ich mich.

Aber sie lächelt.

»Ist schon gut.«

Und sie hält mich fest.

»Heidi hat mir schon alles erzählt. Alles wird gut!«
Alles wird gut?
Für mich ist sozusagen schon alles gut, weil ich hier bin, in Sicherheit, und weil meine Mum und mein Dad da sind und nicht mit mir schimpfen.
»Jetzt fahren wir erst mal nach Hause und sehen morgen weiter«, sagt Paps dann und lächelt. »Familie Heinzer hat uns für morgen zum Znacht eingeladen. Wir wollen deine Rettung feiern. Es gibt Käsefondue.«
»Heinzers sind superlieb, gell.«
»Ja, mein Schatz, die sind tatsächlich superlieb!«, nickt meine Mum.

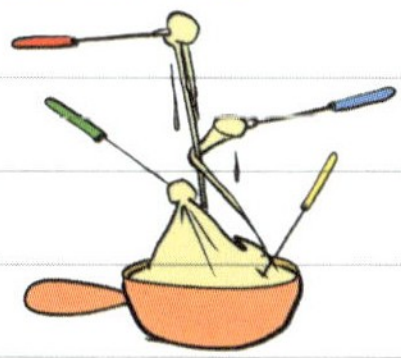

Als ich dann zu Hause in meinem Bett liege, ist mir noch immer ganz sturm. Ich drehe mich auf die Seite und beobachte durchs Fenster den Winterhimmel. Eine Sternschnuppe fällt leider keine herunter, und der Mond, der dann und wann zwischen den Wolken hervorlugt, sieht aus, als ob sich der liebe Gott die Zehennägel geschnitten hätte.

Das Aufwachen am anderen Morgen schmeckt bitter. Die Erinnerungen überfallen mich, bevor ich die Augen richtig offen habe. Warum hat man mir nicht wenigstens einen kleinen Gedächtnisverlust gegönnt? Ein zweistündiges Blackout wäre jetzt ein Geschenk. So

im Stil von »Hä?! Ich in Unterwäsche bei einem Fotografen? Ich verstehe nur Bahnhof«. Am liebsten würde ich mich in einen Schneeengel verwandeln.
Beim Frühstück gilt es dann ernst: Ich muss alles erzählen. Restlos alles. Detailliert. Meine Eltern wollen es ganz genau wissen: Wie und wo mich Flo »entdeckt« hat, was er von mir wollte, wie sich alles abgespielt hat. Und ich erzähle alles, sogar vom »Regenmantelmann«. Von Flos Mail, meiner plötzlichen Angst, als ich vor seinem Haus stand, wie er mich dann aber charmant empfangen hat, von Jasmin Jansers Musik, den ersten Aufnahmen. Und wie es schliesslich mit den peinlichen Forderungen, mich auszuziehen, begann und ich mich dann in der fensterlosen Garderobe verbarrikadierte.
Ich muss Farbe bekennen, denn am meisten interessiert meine Eltern, warum ich überhaupt zu diesem Typen gegangen bin und warum ich ihnen nichts davon gesagt habe. Es wird ein langes Frühstück. Ein sehr langes. Aber auch ein überraschend gutes Gespräch.
»Ich erwarte niemals von dir, dass du Zahnärztin wirst«, beteuert mein Vater zum Beispiel. »Ich habe doch selber gerade ein Krise und merke, dass dieser Beruf eine Einbahnstrasse ist. Man hat kaum Möglichkeiten, sich zu verändern, umzusteigen, auszusteigen.«
Aha. Das erklärt die dicke Luft bei uns zu Hause. Es waren wohl doch keine Bezie-

hungsprobleme, sondern vielmehr berufliche Sorgen, die so auf die Stimmung drückten.
Der Zahnarzt will keine Zähne mehr ziehen? Ich staune.
»Wir haben gestern noch lange geredet, Papa und ich, und wir sind uns einig: Du bist noch zu jung für solch grobfahrlässige Experimente«, ergreift nun meine Mutter das Wort. »Nicht auszumalen, was alles hätte passieren können. Bist du dir dessen überhaupt bewusst? Er hätte dir wehtun können! Er hätte dich vergewaltigen können! Oder er hätte schlimme, peinliche Fotos ins Internet stellen können, und die wären dann für immer dort herumgegeistert und immer und immer wieder aufgetaucht. Du weisst doch: Das Internet kennt kein Vergessen!«
Ich nicke.
Auf diese Standpauke war ich vorbereitet. Die kann mich nicht erschüttern. Ich habe mir diese Gedanken doch längst tausendfach selber gemacht. Ich bin ja nicht doof, war nur supersaublöd. Wie konnte ich bloss?

Nur eines verwundert mich: Das Wort Genf fällt kein einziges Mal!

Am Sonntagabend sitzen wir dann wie verabredet in Heidis riesiger Küche am grossen Eichentisch. Meine Eltern tragen ihre normalen Klamotten, und doch sehen sie aus wie der Herr Graf und die Frau Gräfin. Dagegen wirken Heidis Eltern sehr bescheiden. Aber wir sitzen zusammen, rühren unsere Brotstücke im selben Caquelon, im selben Käse herum. Unsere Eltern sind schon per Du.

Das gemeinsame Essen im Kreis meiner Retter tut mir gut. Wir plaudern über dies und das und über Gott und die Welt. Es wird fleissig gerührt und viel gelacht.

Meine Eltern erzählen vom gestrigen Zahnärzteball.

»Nein, nein, solche Bälle sind nicht wirklich unser Ding«, sagt mein Vater, »aber manchmal entstehen ganz nette Unterhaltungen. Es kommt aber auch immer darauf an, mit wem man am Tisch sitzt.«

»Also dieses Jahr war es extrem steif. Neben uns sassen der Kieferorthopäde Gartmann und seine aufgebrezelte Frau. Sie erzählten die ganze Zeit von ihrer neuen Finca auf Mallorca, die noch schöner sei als ihr Haus in Miami. Die Band war viel zu laut – mehr Lärm als Musik –, und das Essen war zwar edel und teuer, aber fad«, plaudert meine Mutter locker. Sie hat eine echte Gabe, ein Gespräch in Gang zu halten, wenn alle noch etwas befangen sind. »Dieses Käsefondue schmeckt wesentlich würziger, und die Gesellschaft gefällt mir auch besser.«

»Da kommt mir grad eine lustige Geschichte in den Sinn«, holt Paps aus. »Als ich jung war, da waren wir mal bei den Nachbarn zum Fondue eingeladen. Ich war damals zwölf, dreizehn oder so. Jetzt haltet euch fest: Als die Gastgeberin mit dem blubbernden Fondue an den Tisch kam, brach beim Caquelon der Boden raus! Und die ganze Käsemasse pflatsche auf den teuren Perserteppich. Ihr könnt euch ja vorstellen, was das für eine Sauerei gab.«

Wir stellen uns die Szene bildlich vor und können es kaum fassen.

»Das könnte uns nicht passieren«, meint Heidis Mutter.

»Das kann jedem passieren«, widerspricht mein Vater.

»Nein, wir haben nämlich keinen Teppich unter dem Tisch. Schon gar keinen Perser. Bei uns liegt höchstens ein Tarzan auf dem Fussboden«, grinst Heidis Mutter.

Jetzt lachen alle.

»Ich hätte eure Bekanntschaft lieber unter anderen Umständen gemacht«, muss Paps dann aber doch noch betonen, worauf er von Mum einen superbösen Blick erntet.

»Es tut mir leid«, sage ich und schäme mich. Sonst schweige ich, lehne mich zurück und höre der Unterhaltung zu, die so beruhigend dahinplätschert.

Man redet über Kaninchen und Kühe, über Kochrezepte, Kinder und Karies.
Irgendwann sagt Hausi, er wolle noch einmal die »Heldengeschichte« hören, wie sein Papa gestern mit dem Schneepflug ins Haus hineingedonnert sei. Und noch einmal wird die Rettungsaktion detailliert geschildert, die wilde Fahrt mit dem Traktor durch den frisch verschneiten Garten und der halsbrecherische Crash durch die Scheibe des Fotostudios. Der ohrenbetäubende Knall, das gekrümmte Heizungsrohr und der händehochgestreckte Fotograf in vor Angst »vollgeschissenen« Lederhosen.

Und alle lachen.
Aber es ist kein unbeschwertes Lachen. Wir sind uns bewusst, dass es eigentlich ganz und gar keine lustige Geschichte ist und dass noch einige Zeit vergehen muss, bis alle echt darüber lachen können.
Ja, es stimmt eben schon. Der Ernst von heute ist der Humor von morgen. Doch leider kann man diesen Satz nie brauchen, wenn es ernst ist.
Mein Vater sagt in besonders kritischen Situationen immer: »Hinterm Horizont gehts weiter.« Das sei aus einem alten deutschen Popsong, sagt er, von einem gewissen Udo Lindenberg. Ich habe ihn geyoutubelt – ja gute Nacht! Dieser Rock-Opa ist im Fall völlig verpeilt. Vom Alter her könnte er easy mein Grossvater sein.

Aber singen kann er Ehrenwort nicht. Und auch stylingmässig steht er volles Orchester neben den Schuhen. Aber die Texte sind schön.

Anyway, morgen ist ein neuer Tag, dann gehts hinter dem Horizont weiter. Doch morgen ist vermutlich erst überübermorgen.

»Für diese spektakuläre Rettungsaktion kann die ganze Familie Heinzer ein Jahr lang gratis bei mir die Zähne behandeln lassen«, verkündet Paps schliesslich feierlich. Und jetzt sind die Heinzers ein wenig gerührt, denn bei diesem Geschenk geht es doch um sehr viel Geld; Hausis Zähne stehen nämlich wie ein »LATTENZAUN, mit Zwischenraum, hindurchzuschaun«, also ziemlich schief in der Landschaft.

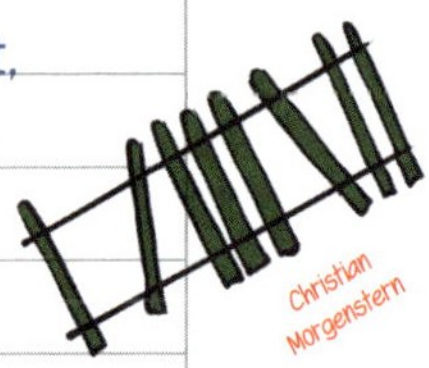


»Ich denke, wir sollten den Föhn anzeigen«, erklärt dann plötzlich meine Mum. Sie ist jetzt ganz ernst. »Wer weiss, wie weit er noch gegangen wäre? Wer weiss, was er mit anderen Mädchen schon gemacht hat? Ich glaube, wir haben auch eine soziale Verantwortung, dass so was nicht noch einmal passiert!«
Oh.
Das macht mir ein wenig Angst.
»Ja, da hast du völlig recht«, bestätigt mein Paps. Heidis Vater macht sich zwar ein wenig Sorgen, weil sein »Besuch« bei dem Fotografen doch irgendwie

recht ungestüm gewesen sei und das mit der »Waffe« und dem Fesseln und so schon eher heftig.
»Aber was solls«, sagt er dann, »lebenslänglich werde ich vermutlich nicht kriegen.«
»Ja, kaum«, meint Paps, »aber ich denke, ich werde am Montag doch sicherheitshalber meinen Anwalt mitbringen. Der soll sich dann pauschal um den Fall kümmern, wenns mühsam wird. Du wirst für diese grossartige Rettungsaktion bestimmt nicht bezahlen, das verspreche ich dir! Ich übernehme alles, das ist klar!«

Es ist fast zehn, als wir uns verabschieden. Papa Heinzer umarmt mich fest. Ich glaube, er hatte richtig Angst um mich. Vielleicht auch um sich. Schliesslich donnert er ja auch nicht jeden Tag mit seinem Traktor wie ein Amokfahrer durch frisch gereinigte Fensterfronten.
»Ich heisse Harry«, sagt er zu mir.
Und die Heidi-Mama darf ich jetzt Bernadette nennen.
»Du hast jetzt hier eine kleine Zweitfamilie«, sagt sie zum Abschied.
Wow, die sind wirklich superlieb. Sie könnten ihrer Tochter doch glatt den Umgang mit mir verbieten nach diesem Scheiss, den ich gestern gebaut habe. Ich bin kein guter Umgang für so ein braves Bauernmädchen. Stattdessen bieten sie mir Familienanschluss an. Das rührt mich.

Auf der Heimfahrt sagt keiner ein Wort.
Zu Hause aber kommt Paps noch zu mir ans Bett und wünscht mir eine gute Nacht. Das hat er schon lange nicht mehr gemacht. Er küsst mich auf die Stirn und meint: »Morgen musst du auf dem Polizeiposten noch einmal tapfer sein. Aber die Hauptsache ist, dass es dir gut geht.«
So gut geht es mir nun auch wieder nicht.
Aber besser.
Viel besser.
Mum beruhigt mich. »Alles wird gut«, sagt sie und streicht mir noch einmal liebevoll übers Haar, bevor sie aus dem Zimmer huscht. Sie lässt die Tür einen Spalt breit offen, damit es nicht ganz dunkel wird in meinem Zimmer, ganz so wie früher, als ich noch ein kleines Kind war und Angst vor der Dunkelheit hatte.
Ich höre meine Eltern noch lange miteinander diskutieren. Ich lausche dem Klang ihrer Stimmen, verspüre ein beruhigendes Gefühl der Geborgenheit und schlafe ein.

Im Traum drücke ich mit Heidi tausend Schneeengel in den Schnee. Wir lassen keine Wiese aus. Der ganze Schwyzer Talkessel wird zum Schneeengel-Himmel. Ein schöner, glücklicher Traum.

# 15

Auch am zweiten Tag nach dem Shooting kann ich kaum glauben, was ich erlebt habe. Warum kann das alles nicht nur ein böser Traum sein und ich endlich daraus erwachen?

Beim Frühstück serviert mir Mum eine unglaubliche Überraschung: »Pass auf, Sara. Damit du siehst, dass wir dich ernst nehmen, haben wir gestern ein wenig recherchiert.« Mum legt eine geheimnisvolle Pause ein.

[redacted]

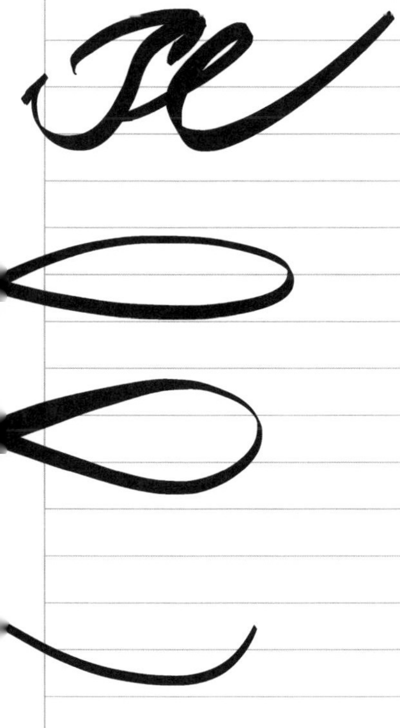

»Nächstes Jahr wirst du vierzehn, und dann kannst du gern mit unserem Segen in Luzern an der Zentralschweizer Wahl zur ›Miss Teenager‹ teilnehmen. Die Castings und Vorwahlen für unsere Gegend finden im Einkaufszentrum Kaufrausch statt. Die Organisatoren dieses Events schauen, dass die Schule nicht zu kurz kommt, und alles sieht professionell aus. Dort kannst du mal ausprobieren, ob du dich in dieser Szene wirklich so wohlfühlen würdest, wie du dir das vorstellst.«
»Echt?« Ich glaub, mein Schwein pfeift. Mir bleibt glatt der Mund offen. Für immer. Meine Verblüffung ist so gross, dass sie fast nicht mehr Platz findet in unserem Esszimmer. Sie sprengt die Wände, auch die, die ich in letzter Zeit um mich selber herum aufgebaut habe.
Meine Eltern sind eben doch super!
»Aber wir brauchen von dir ein Versprechen: Keine Alleingänge mehr!«
»Ja, klar, logo.«
»Und die Schule hat Priorität.«
»Ja, sicher, ganz klar«, verspreche ich und nicke eifrig.
»Ich danke euch«, sage ich aus tiefstem Herzen und umärmle meine Mum und drücke sie, so fest ich kann.
»Hey, ich habe die besten Eltern der Welt!«
Mum entsorgt dann vor meinen Augen die Jasmin-Janser-Weihnachts-CD im Hausmüll, was ich ihr hoch anrechne, weil sie diese Musik doch geliebt hat. Aber ich

glaube wirklich, dass ich nie wieder Weihnachtslieder von Jasmin Janser hören kann, ohne diesen schmierigen Föhn und meine eigenen Dummheit vor Augen zu haben. Aber dass meine Mum das gespürt hat, ist echt super! Ich werde ihr eine neue Weihnachts-CD kaufen. Vielleicht die von Helene Fischer.

Der Besuch auf dem Polizeiposten Schwyz verursacht bei mir noch mal gewaltiges Herzklopfen. Plötzlich stehe ich wieder im Mittelpunkt, und meine Aussage ist verdammt wichtig. Papas Anwalt, Arnold Annen, hat vorher ein paar Details mit mir besprochen. Auch Papa Heinzer ist dabei.
Der Wachtmeister mbV Simon Inderbitzin nimmt unsere Anzeige auf. Ich muss langsam und deutlich in ein Mikrofon reden. Ich werde immer wieder unterbrochen und mit Zwischenfragen gelöchert. Es ist superpeinlich. Und die anwesende Polizistin schüttelt manchmal leicht den Kopf, wahrscheinlich über meine Dummheit. Wachtmeister Inderbitzin betont mehr als einmal, wie froh er sei, dass wir den Fall zur Anzeige gebracht hätten, denn derlei Übergriffe würden nur zu oft aus falscher Scham verschwiegen. Er hält aber auch zuhanden des Protokolls fest, dass diese Art der »Selbstjustiz«, wie sie Heidis Vater durchgezogen habe, also auf gar keinen Fall gehe, da man sich schliesslich in der fried-

lichen Innerschweiz befinde und nicht in einem der waffenfreundlichen amerikanischen Südstaaten, und dass es in dieser Sache bestimmt noch ein Nachspiel geben werde.
Zu Heidis Vater gewandt, meint er dann allerdings leise: »Du warst schon immer ein wilder Hund, Harry. Und unter uns – Respekt, dass du diese Rettung durchgezogen hast. Aber das mit dem ›Tag der offenen Studiotür‹ war also schon hueregääch!« Ein kaum merkliches Lächeln spielt um die Mundwinkel des Polizisten (und Jasskollegen).
Zu guter Letzt übergibt Heidis Vater den Ermittlern die Chipkarte aus der Kamera.
»Ich gehe davon aus, dass ihr die unter den Scherben gefunden – und nicht etwa aus der Kamera entwendet habt!«
»Nein«, knurrt Harry Heinzer und macht dabei einen schiefen Mund.
»Also du meinst ja?«
»Ja, also – nein. Ehrlich gesagt, habe ich sie aus der Kamera genommen.«
»Aha, ich verstehe, Sicherung eines Beweisstücks. Da hast du in dem ganzen Tohuwabohu aber einen ziemlich kühlen Kopf bewahrt. Typisch Heinzer. Wir kennen das ja vom Jassen her: Der gute Jasser macht den letzten Stich!«

Schon am gleichen Abend stellt sich heraus, dass wir gut daran taten, den Foto-Föhn anzuzeigen. Die Polizei durchsuchte sein Haus am Baumweg. Und wie zu erwarten war, fanden die Ermittler zahlreiche Fotos mit strafbarem Inhalt, schlimme Bilder, üble Sachen, Fotos, die den Föhn wahrscheinlich hinter Gitter bringen werden. Er soll sogar mit den Bildern gehandelt haben, der Schmierfink.

»Du hattest unglaublich viel Glück, Sara«, sagt Wachtmeister Inderbitzin, der extra noch schnell bei uns zu Hause vorbeigekommen ist, um uns das zu erzählen. »Hoffentlich ist dir das eine Lehre.«

Und er bedankt sich zum Abschied bei mir für die Anzeige und meine Aussage. Ich hätte damit anderen Mädchen viel Leid erspart.

Das zu hören, tut mir gut. Es war also nicht alles umsonst.

Aber es wird noch besser: Es stellt sich heraus, dass ich auch hier in Schwyz beste Freunde habe. Nein, sie sind besser als beste, sie sind die allerbesten der Welt!

Warum?

Pass auf!

Als ich nach meiner Aussage bei der Polizei wieder zur Schule gehe, bin ich ziemlich geknickt. Aber in der Schule sind alle supernett zu mir. Mein Abenteuer ist

zwar das Thema Nummer eins, doch niemand lacht mich aus. Auch Frau Fischer ist supernett zu mir.
Sie hat natürlich auch alles mitbekommen, und wir diskutieren die Themen »Nötigung« und »sexuelle Übergriffe« in der Klasse.
Es ist eine sehr spannende Schulstunde.
Meine Klassenkameraden sind supermitfühlend.
Und Frau Fischer ist bei allem Ernst auch einmal richtig herzig.
»Wir sind unglaublich froh, dass dir nichts passiert ist«, sagt sie am Schluss der Stunde, »und ich glaube, ausnahmsweise dürfen wir Saras Lieblingswort einmal hochoffiziell brauchen: Liebe Sara,
wir sind sogar superfroh!«
Alle klatschen.
Ich bin richtig gerührt.

In der Pause erzähle ich meinen Klassenkameraden, dass ich unbedingt an der Miss-Teenie-Wahl teilnehmen möchte, doch dass dieser Traum im Moment grad in weite Ferne gerückt ist. Es gibt nämlich einen grossen Haken bei diesem Wettbewerb. Es wird nicht einfach nur die Schönheit bewertet, sondern man muss auch eine kurze Darbietung abliefern, ein Hobby präsentieren sozusagen. Aber ich habe doch gar kein vorzeigbares Hobby!

Back to square one.
Zurück auf Feld eins.
Es ist zum Kotzen.

Mein ganzer Frust platzt aus mir heraus. Zum ersten Mal rede ich mit meinen Schulkameraden ganz offen über meine Herzenswünsche. Und ich staune, wie sehr mich alle unterstützen wollen. Keiner äussert sich negativ über meine Flausen, keiner lacht mich aus, weil ich an so einer Wahl teilnehmen will. Das Gegenteil ist der Fall!
»Ey, du bist wunderschön«, sagt Johnny Depp, fast andächtig. »Du darfst jetzt nicht aufgeben, du wirst das Ding rocken!«
»Ja, aber wie?«, jammere ich.
»Das ist doch kein Problem, das kriegen wir hin. Easy, ey«, sagt Tim Tabak, überlegt kurz und fragt: »Kannst du singen?«
Singen? Klar. Aber eine Sängerin bin ich deshalb noch lange nicht.
»Wir könnten ›School Party‹ zusammen performen, den Song von Johnny und mir, mit dem wir beinah den Jugendmusikwettbewerb gewonnen haben. – Johnny, du und ich.«
»Du kannst dann sagen, dass du in einer Band bist«, unterstützt Johnny Tims Idee, »das macht bestimmt Eindruck.«

Johnny ist süss. Ich glaube, er steht ein wenig auf mich. Er gefällt mir auch. Und ich vergesse nicht, wie er mir damals nach diesem Wettbewerb einen Kuss geklaut hat. Ich wollte ihn auf die Wange küssen, um ihm zu gratulieren, und da hat er schnell seinen Kopf gedreht, sodass mein Kuss voll auf seinem Mund landete. Das fühlte sich trotzdem nicht unangenehm an.
Während ich noch zweifle und Johnny beatboxt, reimt Tim freestylemässig und mit wilden Gangsta-Gesten drauflos:

Bleib flauschig, Baby
du wirst das schon schaffen, ey
die Welt wird staunen
und die Jury wirds raffen, ey
du bist Sara Super, du wirst ein Superstar
Sara Super wird Miss Schweiz,
das ist sonnenklar, yo!

Wir highfiven uns und lachen wie die Kindsköpfe.
»Geil, das kriegen wir hin!«, jubelt Johnny.
Und Tim zeigefingert: »Aber wehe, die wählen mich dann zum Mister Schweiz!«
Tim Tabak und Mister Schweiz, wir lachen alle über diese abstruse Vorstellung.

Heidi hat noch einen anderen Vorschlag: »Wir könnten eine Nummer einstudieren – auf der Slackline. Und ich bringe dir bei, wie man mit drei Bällen jongliert.«
Johnny ergänzt: »Super Idee, ich begleite dich auf dem Keyboard. Und Tim bedroht die Jury mit seiner schrillen AC/DC-Geige! Dann kann dir sogar ein Ball auf den Boden fallen, Sara, und sie würden dich dennoch wählen – aus lauter Angst, Tim würde seine E-Gitarre nie mehr abstellen.«
Wir lachen uns weg.
Sogar Tim Tabak findet die Idee super.

Am Abend im Bett male ich mir das Casting zur Miss-Teenie-Wahl ganz genau aus, stelle mir vor, wie ich all die gut gemeinten Ideen meiner Freunde umsetze. Und merke dann, dass ich ja doch ein Hobby habe, mit dem ich punkten könnte. Und das ganz meines ist: Ich konnte aus der grauen Fischer-Maus eine super aussehende Lady zaubern! Wieso mache ich nicht daraus etwas? Ich style wen auch immer um, kitzle das Beste heraus. Weg mit allen Graumäusigen im Land!

Glücklich lösche ich das Licht.
Ich glaube, ich bin jetzt so richtig in Schwyz angekommen.
Endlich.

Ich habe Freunde.
Echte Freunde.
Wenn man Freunde hat, gibt es tausend Möglichkeiten.
Freunde zu haben, ist ein grosses Geschenk.
Und diese Erkenntnis ist Weihnachten pur.
Das Leben ist schön.
So schön wie ein fröhliches Weihnachtsfest.
Wobei, nein, das ist eigentlich der falsche Ausdruck, es ist nicht schön, wenn ich mir das so richtig überlege.
Auch nicht hervorragend oder bezaubernd, mega oder nett. Auch nicht wunderbar oder erstklassig.
Es gibt dafür nur ein einziges passendes Wort: Das Leben ist S U P E R!

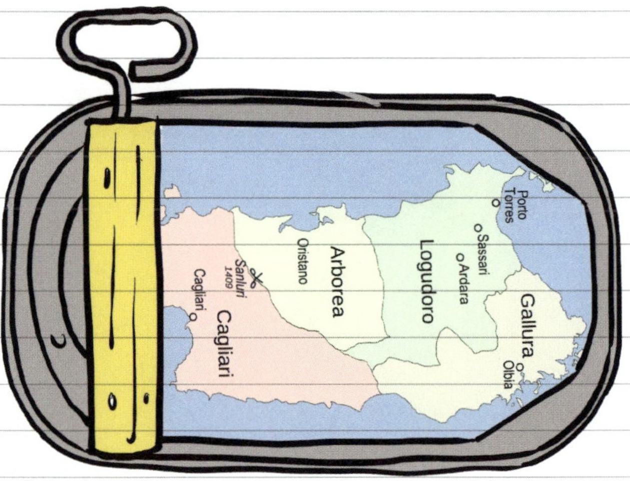

Blanca Imboden
Frank Baumann
Tim Tabak
Name
Fach
Klasse
Schuljahr
Schule ist doof #3
WÖRTERSEH

# Futur I

Im Frühjahr 2017 wird der dritte Band der Jugendbuchreihe »Schule ist doof« von Blanca Imboden und Frank Baumann erscheinen, er heisst:

## Tim Tabak

### Schule ist doof #3

Tim, bereits bestens bekannt aus den beiden Büchern »Johnny Depp« und »Sara Super«, sieht nicht nur aus wie ein Rockmusiker, er wäre auch gern einer. Er spielt Gitarre – allerdings eher laut als gut –, seine Frisur erinnert an eine explodierte Schüssel Spaghetti bolo, und die Schule interessiert ihn nur ganz am Rande. Darüber hinaus raucht und kifft er. Allerdings ändert sich das, als sein drogensüchtiger Cousin Charly auf ein Hausdach steigt und runterspringen will. Nun muss Tim beweisen, was in ihm steckt. Das Leben kann manchmal ganz schön brutal sein. Schwierig bleibt für ihn nach wie vor die Tatsache, dass sein Vater im Knast sitzt. Wird es für Tim Tabak trotzdem ein Happy End geben?

Was bringt die Zukunft?

# Futur II

## Heidi Happy

### Schule ist doof [4]

Im vierten Band der spannenden Jugendbuchreihe »Schule ist doof« steht das Bauernmädchen Heidi Happy im Mittelpunkt. Die Familie Heinzer lebt mit Tarzan, ihrem

# Johnny Depp

## Schule ist doof[1]

Im ersten Buch der Jugendbuchreihe »Schule ist doof«, das den Titel »Johnny Depp« trägt, erzählt Johnny, der zum Nachnamen eigentlich Janser heisst, von seinem doppelt schweren Schülerleben: Sein Vater ist der Mathelehrer seiner Klasse und die Mutter eine sehr bekannte Volksmusiksängerin. Für seine Mitschüler ist eine derart »auffällige« Familienkonstellation zu viel des Guten, und deshalb ist Johnny auf der Beliebtheitsskala seiner Klasse ganz weit unten. Sara Super, Tim Tabak und Georg Gepard, die hipsten seiner Mitschüler, mobben ihn, und von den anderen, insbesondere den Mädchen, wird er gar nicht erst wahrgenommen. Doch dann passiert rund um seine Mutter ein haarsträubendes Verbrechen mit allem Drum und Dran, das Johnny in den Mittelpunkt des Interesses katapultiert und sein Leben verändert. Von Grund auf.

# Blanca Imboden,

geb. 1962 in Ibach, war als Kind eine richtig wahnsinnig gute Schülerin. Ehrenwort. Schon in der Primarschule schrieb sie spannende Fortsetzungsromane. In der Mittelstufe veränderte sich ihr Notenbild besorgniserregend, weil sie andere Prioritäten setzte: Sie nahm Gesangsunterricht, lernte mehrere Instrumente spielen, verliebte sich. Später führte sie nur noch Berufe mit S aus: Sie wurde zuerst Sängerin, dann Sekretärin, dann Seilbahnfahrerin und schliesslich Schriftstellerin. Heute schreibt sie für Wörterseh Bücher wie »Wandern ist doof«, »Drei Frauen im Schnee«, »Anna & Otto« und »Matterhörner« oder eben »Schule ist doof«. Alle ihre Bücher standen wochenlang auf der Bestsellerliste. Dies ist ihr zweites Jugendbuch; sie hat es (wie schon Band 1) zusammen mit Frank Baumann ausgebrütet. Es ist damit zu rechnen, dass auch Sara Super supergern gelesen wird. Sollte dies nicht der Fall sein, überlegt sich Blanca Imboden schon neue Berufe mit S. Wie würde sie sich wohl als Souffleuse oder Skilehrerin machen?
Da du jetzt dieses Buch gekauft hast, werden wir das wohl nie erfahren.

# Frank Baumann,

geb. 1957 in Zürich, war ein ausgesprochen fauler Schüler, weshalb er Journalist wurde. Heute ist er Buchautor, Illustrator, TV-Produzent, Kolumnist und Direktor des Arosa Humorfestivals. Für Wörterseh schrieb das Multitalent bereits die amüsanten Golfbestseller »Single in 365 Tagen« und »Die Partherapie« sowie das Kinderbuch »König Alphons und Kurt, das Kamel«. Nach dem Erfolg von »Schule ist doof[1]« war für ihn schnell klar, dass er auch Band 2 zusammen mit Blanca Imboden schreiben und illustrieren würde. Baumann gewann mit seinen Arbeiten zahlreiche nationale und internationale Auszeichnungen. Unter anderem wurde er 1999 am Festival der »Rose d'Or« für seine schräge TV-Sendung »Ventil« ausgezeichnet. Und 2009 wurde »Ein Fisch für 2« gar für den renommierten Adolf-Grimme-Preis (den »Oscar« der Fernsehunterhaltung) nominiert. Der Vater zweier erwachsener Kinder ist glücklich verheiratet, spielte in seiner Jugend sehr laut Schlagzeug und miserabel Saxofon – und übt seit neuestem leider auch Posaune und Trompete. Er lebt in der Nähe von Zürich und in Vals.

Lösungen

# Bilderrätsel Band 1

Die im Buch »Johnny Depp – Schule ist doof[1]« integrierten Bilderrätsel waren derart schwierig, dass sie selbst Frank Baumann kaum mehr lösen konnte (obwohl er sie doch ausgetüftelt hatte, der Schlaumeier). Trotzdem: Sie waren lösbar, allerdings nur für ganz, ganz, ganz besonders findige Rätselfüchse und Querdenkerinnen:

Radfahrer S. 10

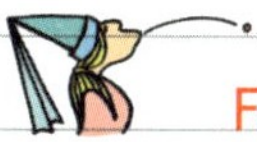
Facebook S. 23

Taucherbrille S. 32

(Schreck-)Sekunde S. 44

Garderobe S. 68

Adele S. 80

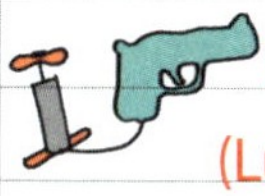
Pumpgun S. 116 (Luftpistole)

S. 137 Zungenbrecher

S. 143 Baschi

S. 166 Tutanchamun

S. 180 Spaghettipfanne

S. 192 Internet

S. 220 Youtube
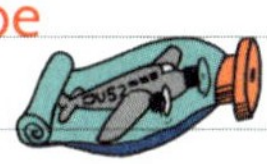

# Sieger Band 1

## Bilderrätsel-Webbewerb

Den ersten Preis, ein Wochenende in Zermatt, gewinnt ***die Familie Bürgi aus Wohlen.***

Der zweite Preis geht an ***Pinia Canclini aus Wädenswil.*** Sie gewinnt eine Schulreise für die ganze Klasse auf den Fronalpstock (Stoos).

Und der dritte Preis geht an ***Silvia Birrer aus Walchwil.*** Sie darf mit der ganzen Schulklasse in den Tierpark Goldau und sich den legendären Waldrapp einmal aus nächster Nähe anschauen.

## »Wemgehörtwas?«-Webbewerb

Den Messerselberzusammenbauworkshop im Victorinox-Museum der weltberühmten Swiss Knife Valley in Brunnen gewinnt ***Urs Trümpy aus Ennenda.***

## »Verbrecher«-Webbewerb von Ex Libris

Ein Wochenende am Arosa Humorfestival gewinnt: ***Florian Mohni aus Lyss.***

Webbewerb

# Bist du ein Oberchecker?

Jetzt hast du die riiiesige Chance, einen oberverschärften Preis zu gewinnen! Alles, was du zu tun brauchst, ist, die affig schwierigen Rätsel in diesem Buch zu lösen und die Antworten dann an sara@schuleistdoof.ch zu mailen.

Rätsel? Gewinnen? Preise? Ich? Hä?

Ja, klar, du, wer denn sonst?!

Und für alle, die es nicht gerafft haben, noch einmal ganz von vorn. Und betont langsam, damit auch all jene, die ihre Notizen mit Hammer und Meissel in altägyptische Steinplatten hämmern, mitkommen:

Auf den Seiten, auf denen das Fragezeichen steht, findest du Bilderrätsel. (Einfach sind sie nicht, das müssen wir zugeben. Du musst schon ein bisschen sehr um die Ecke denken – aber das kannst du, sonst hättest du das Buch sicher nicht fertig gelesen.) Und wenn du sie gelöst hast, kannst du getrost behaupten, dass du ein Oberchecker bist.

Wann und wie die Verlosungen stattfinden werden und was es zu gewinnen gibt, das findest du wie immer auf www.schuleistdoof.ch. Also, nix wie los!

**ACHTUNG!**

In diesem Buch sind noch mehr Rätsel versteckt. Es gibt das »Super-Rätsel«, bei dem du sämtliche super zählen musst, die in diesem Buch erscheinen (also auch diese beiden), dann gibt es den legendären Arschkartenwebbewerb und das »Finde die 7 Unterschiede«-Hamsterrätsel.

*Du siehst, du hast also auch eine Chance, wenn dir die kniffligen Bilderrätsel zu schwierig sind.*